醉紅樓

風月，談的不是愛情

（原名：凡夫俗子品紅樓）

二憨 著

關於《紅樓夢》

《紅樓夢》，中國古典四大名著之一，章回體長篇小說，成書於一七八四年（清乾隆四十九年），夢覺主人序本正式題為《紅樓夢》。其原名有《石頭記》、《情僧錄》、《風月寶鑒》、《金陵十二釵》等。

這部小說以賈、王、史、薛四大家族由興盛走向衰敗為背景，以賈寶玉與林黛玉的愛情故事為主幹，真實記錄了寶、黛這對叛逆者的抗爭和最終走向封建祭壇的命運悲劇。

全書共一百二十回，大致可分為七個部分。第一回至第十八回，主要介紹甯、榮兩府貴族大家庭成員關係及其社會關係。這部分描寫了黛玉、寶玉、寶釵、王熙鳳、秦可卿等人的生活。主要事件有：「黛玉進府」，「寶、釵、黛相逢」，「王熙鳳弄權」，「秦可卿之死」，「元春省親」。第十九回至四十一回，主要描寫賈寶玉和林黛玉對愛情的探索，寶玉和封建正統思想的鬥爭，以及薛寶釵、史湘雲、花襲人、妙玉和劉姥姥等人物。主要事件有：「共讀西廂」，「黛玉葬花」，「寶玉挨打」，「劉姥姥二進大觀園」。第四十二回至七十回，主要寫其他人物，如探春、寶琴、刑岫煙、尤二姐、鴛鴦、晴雯、香菱等人的活動。主要事件有：「探春結社」，「尤二姐之死」，「鴛鴦拒嫁」，「晴雯補裘」。第七十一回至八十回，主要寫賈府的衰敗之兆，以及大觀園群芳流失。主要事件有：「抄查大觀園」，「迎春誤嫁中山狼」，「元妃染恙」，「晴雯之死」。第八十一回至九十八回，主要寫寶玉和黛玉的婚姻發生波折，寶玉和寶釵成親，黛玉魂歸離恨天，其中插寫了「元妃薨逝」，「探春遠嫁」。第九十九回至一百零六回，主要寫賈家被查抄和賈母對天悔罪。第一百零七回至結尾，主要寫賈府衰敗和寶玉出家。在二十世紀初，關於「《紅樓夢》原作者究竟是誰」這個問題曾經引起學界的爭論，這個爭論至今仍然存在。但大多數學者取得了共識，認為《紅樓夢》是由曹雪芹撰寫的前八十回，高鶚與程偉元續全的，但也有觀點認為八十回後是由無名氏所續，高鶚與程偉元不過是編纂者。

曹雪芹，清代小說家，名霑，字夢阮，號雪芹、芹圃、芹溪，康熙五十四年（1715）生於南京織造世家。後因清宮內部鬥爭激烈，其父被株連，獲罪削官，家產被抄，家道日漸衰微。晚年移居北京西郊，開始了文學創作。一七六二年因為幼子夭亡，曹雪芹悲痛欲絕，一病不起。一七六三年二月十二日終因貧病無醫而去世。

《紅樓夢》這部中國小說史上不可逾越的巔峰之作，位列中國古典四大名著之首。據傳，它刊行後不久，京師竹枝詞裡便有「開口不談《紅樓夢》，此公缺典定糊塗」的說法。如今，《紅樓夢》以其深刻的思想內涵與高超的藝術技巧，贏得了古今中外讀者的普遍喜愛，文學界還成立了專門研究《紅樓夢》的紅學會。

無論時代如何變遷，無論是學者或是草根，每個人的心中都有一個自己的《紅樓夢》。脂硯齋在《凡例》中評此書「只是著意於閨中，故敘閨中之事切，略涉於外事者則簡」。王國維認為《紅樓夢》一書與喜劇相反，是徹頭徹尾的悲劇。胡適考證《紅樓夢》是曹雪芹的自敘傳。魯迅則將其定義為「人情小說」。看來，面對曹雪芹那滿紙的「荒唐」之言，還真得需要我們細細地去品味。

在《紅樓夢》中不妨一醉

《紅樓夢》是一部奇書，奇就奇在作者將自己的核心立意隱藏在夢幻之間，讀過之後就像飲了瓊漿玉液，生出無盡的想像和感慨。二百多年來，學者、草根們從多個角度來解讀這部寫著滿紙荒唐之言，凝結著一把辛酸之淚的曠世之作，卻始終沒有弄清楚《紅樓夢》真正的主旨所在。正所謂「經學家看見《易》，道學家看見淫，才子看見纏綿，革命家看見排滿，流言家看見宮闈秘事」，每個著迷於這座文字花園的人心中都有個獨一無二的紅樓世界。加之《紅樓夢》博大、未完的特性決定了它將被一代又一代的讀者反復解讀。套一句用濫了的話，一千個讀者，就有一千種《紅樓夢》的讀法，二憨的《醉紅樓——風月，談的不是愛情》就是其中之一。

在《紅樓夢》中，賈瑞臨終手中所持的風月寶鑒，就是對這部小說既形象又具體的比喻。風月寶鑒的正面，描寫的是溫柔富貴、兒女情長的愛情小說，而風月寶鑒的背面，則是白骨粼粼、血淚斑斑的歷史隱情。二憨的解讀方法，就是從背面看紅樓，將其中的隱情一一點破。二憨認為，曹雪芹之所以將《紅樓夢》的寫作主旨故意弄得「真作假時假亦真，無為有處有還無」，皆因其極特殊的成書背景，他不得已而採用「隱而不露」的寫作手法。當時正值中國歷史上大興「文字獄」的時期，文人以言獲罪動輒凌遲、滅門、株連九族，此外，也有些人專門對文人的作品捕風捉影來換取前途，這些來自政治方面的壓力，迫使曹雪芹不得不採用隱晦的筆法來進行文學創作。

那麼，《紅樓夢》到底寫的是什麼呢？二憨的解讀是，曹雪芹筆下的賈家就是家國天下。全書描寫了康熙王朝發生的一系列歷史事件和宮闈秘聞，並以廢太子胤礽（賈寶玉的原型）的生活為主線，集中演繹了那個時代的風雲激盪。也許有的讀者會問，《清史》中把廢太子胤礽寫的很壞，冰雪聰明的賈寶玉怎麼可能以他為原型被創造出來呢？因為有的時候，歷史是不值得相信的。事實上，胤礽一旦成了廢太子，就變成了被政敵肆意誣衊的對象。《紅樓夢》以言情為虛，以述史為實，相信讀者看過二憨的紅樓，就如同飲了美酒，不知不覺陶醉其中。

品出紅樓真滋味

江遠

兩百多年來，解讀《紅樓夢》的作品成千上萬，但因研究者的個性及對文本研究的角度不同，從而形成了各種學說和流派。與所有的文學經典一樣，《紅樓夢》給廣大讀者提供了多面、立體的視角。正如魯迅先生所評論的那樣：「一部《紅樓夢》，經學家看到易，道學家看到淫，才子看到纏綿，革命家看到排滿，流言家看到宮闈祕事……」由此可見，紅學似海，每一個紅學研究者不過是收穫了其中的一勺一瓢而已。

自從《紅樓夢》問世以來，關於作者究竟講的是誰家的歷史，即紅學中的「本事之謎」，依然沒有一個確切的答案。這當然與《紅樓夢》篇首那開宗明義的一通玄言有關：作者自云：因曾經歷過一番夢幻之後，故將真事隱去，而借「通靈」之說，撰此《石頭記》一書也。故曰「甄士隱」云云。既有「隱」，後人就要「索」，於是便有了曹家自傳說、明珠家說、和坤深家說、傳恒家說種種說法。其中，被大多數人所接受和認可的是第一種說法，也就是曹家自傳說。胡適先生在一九二一年發表的《紅樓夢考證》中曾明確指出，「《紅樓夢》是一部隱去真事的自敘，裡面的甄賈兩寶玉即是曹雪芹自己的化身；甄、賈兩府即是曹家當年的影子」。紅學大家俞平伯先生和周汝昌先生也持相同觀點，他們都是比較堅定的「自傳說」擁護者。

而本書的作者二憨卻提出了一個與眾不同的觀點，雖然他不是紅學家，但絕對稱得上是學富五車的大才子。別看他總是自稱凡夫俗子，卻有著深厚的文學素養。他所做的，就是將《石頭記》中的這塊石頭砸開，來個石破天驚，引領讀者仔細看一看，裡面到底藏了哪些不為人知的八卦和緋聞。

按照他的理解，曹雪芹老先生筆下的賈府，就是紫禁城，而賈寶玉的原型就是廢太子胤礽。為此，二憨在他所解讀的這幅家國天下的剖面圖中，還原了胤礽和整個皇族的生活現狀和當時政治形勢的風雲變幻，並且用一個個妙趣橫生的標題，來概括不同人物的性格和行為特點，既生動活潑，又入木三分。

二憨這樣來解讀，可能會招致紅學研究者站出來指責，但《紅樓夢》應該是一個自由開放的學術空間，不應該是那幾個人說了算才對。再者說，研究《紅樓夢》有多個層面，政治的、歷史的、社會的、文學的、哲學的、道德的……每個層面又有不同的視角，誰又能保證自己真正瞭解《紅樓夢》呢？

《紅樓夢》是以夢幻開始，所有的富貴功名、情感糾葛到頭來只不過是一場夢。書中的有兩個人物，一個是賈雨村，一個是甄士隱，真真假假，假假真真，假亦真來真亦假，真亦假來假亦真。曹雪芹老先生也反覆講，之所以沒有寫明哪家的歷史主要是怕引來災禍，為此，他還作詩一首：「滿紙荒唐言，一把辛酸淚，都云作者癡，誰解其中味。」

那麼，讀者朋友們讀完了二憨的《醉紅樓》，能品出其中的味道嗎？

另類視角解讀紅樓

童真玲

我是曹雪芹老先生的忠實粉絲，雖熟讀《紅樓夢》卻恥為人知，惟恐落下附庸風雅的惡名。但是，每當學生請求我為其開列閱讀書目的時候，《紅樓夢》都是我第一個要推薦的，因為這是一部一生一世都要拿來品讀的經典之作。

很早就有人說過，《紅樓夢》要有三套，一套置於書架上珍藏，一套放在床頭上，一套擱在馬桶邊。其中之意，凡喜愛紅樓的人必定為之叫絕。

有的學生問我：「讀《紅樓夢》至少讀多少遍才算真正弄懂它？」我回答說：「如果你讀書用『遍』來度量，則一定是不會讀書的。讀一遍太淺薄了，我的那本《紅樓夢》是放在書桌上的，隨時都可以翻看。但僅僅拿來讀還是遠遠不夠的，重要的是思考和品味。」

其實，國人對《紅樓夢》的研究很早就開始了，在鼎盛時期竟然達到了「開談不說紅樓夢，讀盡詩書已枉然」的地步，而且當時的中國一流學者都曾對《紅樓夢》下過一番工夫，比如胡適、吳宓、周汝昌等一批國學大師。但是，當前有些紅學研究者卻已經陷入了瓶頸，導致的結果是對《紅樓夢》的研究越來越庸俗化：有的津津樂道於「金陵十二釵」的排名，有的去研究賈寶玉究竟第一次和誰上床的……這不僅無關小說的主旨，更兼除了滿足國人的低級趣味之外別無他用。當西方的學者嘲笑對莎士比亞的研究到了研究莎翁肚臍眼的時候，我們的紅學研究者不也在做著同樣的事情嗎?因此，要讀與《紅樓夢》相關的著作，應該注意甄別。由於深愛《紅樓夢》，愛屋及烏的原因，我也愛看一些評論《紅樓夢》的著作：張愛玲的《紅樓夢魘》表達了她對這部奇書的癡迷；劉心武的《揭密紅樓夢》，完全是作者在獨立摸索，有路似也無路，刺激但並不以為真；而二憨的《醉紅樓》，內容是全景式鳥瞰，細節是放大鏡式挖掘，不可不讀，不能不讀。特別是其另類的解讀視角，絕對令你意想不到，令你聞所未聞，令你大呼過癮。

在《醉紅樓》中，二憨用幽默風趣的語言，對《紅樓夢》進行了全方位的大解密，揭示了賈寶玉、林黛玉、薛寶釵、史湘雲、秦可卿、尤二姐等人的真實身份。同時對秦可卿之死、劉姥姥遊歷大觀園、探春遠嫁、金釧投井、司棋私通、鴛鴦拒婚等一系列事件的內幕和真相有所曝光。雖然這些都是作者一家之言，但是論據充分，言之有理，論證過程更是環環相扣，妙趣橫生。

二憨的這部作品可以稱得上是一部好書，但凡看過一遍的人，要嘛根本不動心，要嘛一定為它瘋癲。不知你看過之後，是怎樣的心情?

序言

自從曹雪芹的《紅樓夢》問世，就被世人當成了天書，雲遮霧繞，迷霧重重。俗話說，群眾的眼睛是雪亮的，俗話又說，旁觀者清。我們這些凡夫俗子，不是不明真相的圍觀群眾，很多事情的真相都看在眼裡，只是沒有機會說出來罷了。《紅樓夢》又名《石頭記》。作者所做的，就是將這塊石頭砸開，來個石破天驚，引領讀者仔細看一看，裡面都藏了些什麼不為人知的八卦和緋聞。

其實，曹雪芹筆下的賈家，是家天下，寫的就是大清康熙朝的那些事，並且以廢太子胤礽（賈寶玉的原型）的生活為主線，集中演繹了那個時代的風雲變化。在這幅家國天下剖面圖中，你可以看到廢太子胤礽和整個皇族的生活現狀，皇權的興衰，宗教與外敵的影響，儒家文化的遭遇，科舉教育的發展，司法的腐敗和無能，以及後宮之患和三藩之亂等重大歷史事件。

本書用幽默風趣的語言，對《紅樓夢》進行了徹底的大解密、大曝光，讓讀者一下子就能認清林黛玉、薛寶釵、賈寶玉、史湘雲、秦可卿、尤二姐等一干人的真實身分和本來面目。還可以對賈寶玉初試雲雨情、秦可卿之死、尤二姐自殺、劉姥姥遊歷大觀園、探春遠嫁、王熙鳳調戲賈瑞、金釧投井、司棋私通、鴛鴦拒婚等一系列事件的內幕和真相有所瞭解。

作者的爆料特別震撼，內容是全景式鳥瞰，細節是放大鏡式挖掘，不可不讀，不能不讀。特別是其另類的視角，絕對令你意想不到，令你聞所未聞，令你大呼過癮。

榮華富貴轉頭空，大清的康熙王朝早已灰飛煙滅，遠離我們而去。而曹雪芹為我們留下的這幅社會剖面圖，卻永遠不會消失。不僅如此，《紅樓夢》還是一卷生活畫冊，說不定哪一天，你的身邊就會掉下一個林妹妹，你的上司就成了薛寶釵，你就交上了一個大舌頭朋友史湘雲，你就變成了柳湘蓮大蝦，你就遭遇到了寶玉的斷背騷擾，你就聽到了晴雯打工妹的八卦緋聞……生活會遇到什麼樣的人，什麼樣的難題，我們根本不能預料。假如，你遇到了這樣或那樣的難題，不妨翻開曹雪芹的《紅樓夢》，那是一本豪華版的「生活指南」。如果你對答案還有疑問，消化不了，理解不透，那就請拿起這本《醉紅樓》。這本世俗版的「生活指南」，會幫你解決世俗社會的世俗煩惱，畢竟，我們都是俗人。

紅樓夢，哄了蒙，千萬不要讓曹雪芹把我們哄蒙了。面對那滿紙的荒唐之言，還真的是需要細細地去品味。

目錄

目錄

別讓愁眉愁出內傷

第一章

大觀園之瀟湘館

——愛情永恆，還是愛情的話題永恆？

別讓愁眉憋出內傷

翻開《紅樓夢》，逛逛大觀園，就像走進名品時裝店，衣飾的時尚、潮流、華貴就不說了，只有飽一飽眼福，乾眼饞的份。只瞧那些比時裝模特兒還養眼的一個個靚女，就令人三月不知肉香，三年不想看巴黎時裝展了。這麼一大群靚女，輪番上鏡，走著婀娜的臺步，在我們眼前轉來晃去，想不記住她們都難。在大觀園眾多靚女當中，最引人注目的，當然是黛玉啦！

黛玉絕對是大觀園裡的第一美女，模樣絕對對得起粉絲，才藝出眾更不用提了，單說她那另類的個性，也是古今罕有的。她的另類，根本不用裝什麼深沉、知性、暴露、叛逆，這太做作、太小兒科了，而是直接將另類寫在臉上，而且從來不裝，不管是誰，第一眼瞧見，絕對會大呼小叫：另類，絕版的另類！

要說黛玉的臉，道道地地的品牌臉——兩彎似蹙非蹙柳葉眉，一雙似泣非泣含露目。看似眼淚汪汪，其實是神采飛揚馬蹄急，桃花深處蝴蝶落。什麼意思呢？就是說黛玉長的有氣質，引人注目，在你還沒弄明白怎麼回事時，冷不防就抓住了你的心。說來說去，要我看，黛玉的臉上，最另類、最有特色的地方，就是一個字：愁。不僅愁壞了她自己，愁丟了小命，也愁壞了幾百年來成千上萬的粉絲，愁壞了像我等這樣對開心快樂耿耿於懷的看客。黛玉可以說是滿臉的愁，而所有的愁最後又都集中在了眉頭上，因此就有了愁眉一說。

黛玉有了煩惱就掛到臉上，有了不滿就順口說出，高興不高興，讓人一眼就能明白。但也有缺點，那就是「憋」，憋的眉頭皺成了疙瘩，還要使勁往回憋，終於憋出了內傷，憋得肺裡大出血，憋得死去活來，最後終於憋沒了氣，嗚呼哀哉。這麼個大美人，卻讓愁給硬是憋死了，實在令人惋惜。

什麼事情這麼嚴重，把黛玉給活生生地憋死了呢？說出來也沒什麼值得大驚小怪的，那就是千古第一話題，也是最有八卦潛質的話題——愛情。也唯有這個男女問題，能憋死人。就這事，卻把黛玉給愁壞了，為什麼愁呢？心裡有愛說不出，小曲好唱口難開。說不出也就罷了，還得不到支持。更可怕的是，還有一個比自己更有來歷、更有背景、更有實力的競爭對手。這可是終身大事，想不愁都不行，萬一等到最後，自己成了無人問津、成了人見人躲的剩女，天哪，太可怕了，簡直不敢想像。

其實，在這件事上，黛玉也不是完全處於劣勢。起碼，她心中的白馬王子，也是真心愛她的，為她癡、為她狂。兩個人的心事都已表達過，心知肚明，雖然嘴上沒有說出來「非你不嫁」、「非妳不娶」的話，但透過一次次的行動也向對方明確表白了態度。

愛情這個話題雖然是永恆的，但愛情這事卻是時刻變化。想當年黛玉，閉鎖大觀園裡，能接觸到那樣一個比大熊貓還稀有的男人寶玉，沒得挑，不能撿，也難怪她要把寶玉當成白馬王子。況且還有那麼多靚女紛紛上來搶奪，怎能不讓黛玉產生強烈的危機感？

僧多粥少，想不愁，實在很難。要是放在當今世界，黛玉的悲劇可能就不會重演了。一來，選擇的餘地多了，即使找不到騎白馬的，也能找到「恐龍」和「青蛙」；二來，大不了相約私奔，「地上本來沒有路，私奔的人多了，也就有了路。」可見，我們的黛玉怨不得別人，只能怨自己生錯了年代。

黛玉的愁，確實無人能比，那愁眉，也是天下一絕。愁到了極致，愁到了登峰造極的地步，後人恐怕很難步其後塵，並一舉將其超越。她的愁，是一種無奈的愁，還是一種無謂的愁？是愛情的愁，還是人生的愁？是幾千年道德文化的愁，還是個人獨特的愁？雖然曹雪芹沒有告訴我們，但並非說我們不能得出自己的妄斷。黛玉的內傷，顯然是一種人性的悲哀，文化的積弊，是她弱小的生命所難以抵抗和擺脫的。

吐血初戀有害健康

古代社會，男女好像很少有戀愛的機會，固定的模式應該是，先結婚，後戀愛，如果有戀愛可能的話。《紅樓夢》裡，偌大一個大觀園中養了一大群靚女，又扔進一個風流倜儻的帥哥，朝夕相處，耳鬢廝磨，想不引起緋聞，似乎很難。提供了這麼好的條件，機會難得，黛玉和寶玉，兩小無猜，青梅竹馬，玩個初戀，玩個以身相許，也是順理成章的事情。畢竟，在那樣的年代，這樣的機會不是人人都有，越是如此，越容易激發他們初戀的好奇心。

黛玉的初戀，可能與她從小就失去了親娘，親爹又不在身邊，有一定的關係。一個小女孩，孤身一人住在外婆家，雖然這裡人多熱鬧，但也少了一份父母的疼愛。親戚再好，心裡那種孤零零的感覺，也不會少，這時候有個體貼的哥哥在身邊呵護，一定會特別感動。黛玉和寶玉一見面就對彼此產生好感，再加上長期生活在一起，日久生情、情深意長，最終發展成一場轟轟烈烈的戀愛，是自然而然的事情。

說起太早戀愛這個話題，好像大人們一概抱持否定意見，都認為太早戀愛有害健康。單純從黛玉和寶玉相戀這件事上來看，還真是這麼回事。醫學早已證明，肺結核這種疾病，大多是因為心情鬱悶，氣結於心引起的。黛玉天生就敏感，什麼事都想不開，喜歡生悶氣，以這種心情談戀愛，整天挑三揀四，看這個不順眼，看那個有毛病，讓別人猜著自己的心思生活，稍不如意就哭天抹淚，不被氣得吐血，那才是怪事呢。

愛你愛到吐血，這絕對是一種境界。《紅樓夢》裡描寫黛玉吐血的情節，有好幾處，每一處都可以說是因愛而起的。為什麼會一而再，再而三地發生吐血的悲劇呢？可能與黛玉和寶玉愛的朦朧，愛的小心，愛的沒有實質進展有關。兩人除了拉拉手，互相抹抹眼淚，曖昧一下，好像沒有更多的身體接觸，這種精神戀愛最不牢靠，飄忽不定，難以琢磨，也難怪黛玉整日心神不安，放不下心來。

當今社會，人們對性的態度和觀念發生了很大的轉變，導致少男少女們對兩性關係，不再感到那麼神祕、莊重和嚴肅，戀愛已成為扮家家酒一樣簡單的事情了。而家長們擔心孩子太早戀愛，最怕的就是過早的性生活，影響孩子們的身體發育和健康，所以，性教育成為人之初的必修課。

雖然黛玉所處的那個時代男女授受不親，但是大觀園裡的情形，好像並不那麼嚴重，寶玉和襲人初試雲雨情，就很簡單隨意。黛玉如果願意，兩人找機會發生點緋聞，也不是多難的事情。可惜，黛玉好像壓根沒有往這方面想過，沒有用把生米煮成熟飯的方法套牢寶玉。這一點上，就應該向襲人學習。

為什麼黛玉和寶玉之間沒有發生一點點身體上的碰撞，撞出點緋聞和花邊呢？顯然，問題出在黛玉身上。首先，心理上沒有準備好。黛玉的注意力，放在未來人生的安排上，關心的是終身大事，更看重婚姻的結果。寶玉能不能娶自己，這才是關鍵，一門心思都花在這件事上，至於情感上的孤獨，反而不太在意了。

其次，可能身體多病的原因，並不像襲人那樣，能夠感受到肉體上的衝動，沒有青春期少女對性的強烈好奇。加上寶玉喜歡精神戀愛，無非做點所謂小情小調的事，說說浪漫溫馨的悄悄話，拉拉手指，吃吃胭脂，除了和襲人有那麼一次實際行動外，沒有其他的越軌行為。這也多少影響了黛玉的態度和行為，使她缺乏對那些世俗快感的體驗和認識，以為愛情就是婚姻。

黛玉和寶玉的初戀，真的是把黛玉害苦了，朦朦朧朧、模棱兩可、不大膽、不果斷，也沒有採取什麼具體的措施，一味的懷疑、試探、抱怨、哭啼，弄來弄去把自己弄成了病秧子，閒著沒事就大口大口地吐血。這樣做儘管獲得了粉絲們的同情和支持，但也於事無補，遠不如襲人那樣來點實惠的，該表白就表白，該曖昧就曖昧，大膽出擊，貼身緊逼，也就不用受那些折磨了。

其實我覺得，黛玉雖然值得同情卻不值得肯定，愛情這東西，本來就不是含含糊糊的事情，初戀不可怕，可怕的是不知道如何處理初戀中出現的問題。可惜，那時候沒有什麼《愛情指南》、《初戀必讀》之類書籍可供參考，害得黛玉白白地走了那麼多的彎路，不僅戀愛不成，還賠上了自己的性命。這樣看來，賈府對黛玉的吐血初戀事件，負有不可推卸的責任，起碼沒有良好的教育和引導的作用。沒有教會她怎樣面對戀愛問題，怎樣處理戀愛中遇到的各種難題。

埋葬你的花心

黛玉喜歡標新立異，用奇特古怪的行為吸引粉絲的注目。最經典的一幕，莫過於邊唱歌，邊埋葬那些樹上飄落的花瓣。像黛玉這樣個性突出，表現另類的女孩，大觀園裡並不是很多，所以她格外引人注目。單說葬花這件事，要是出現在今天，絕對能走紅網路，點擊率一路飆升。

男人花心，女人癡情。黛玉愛上的，偏偏是比一般男人更花心的寶玉，怎能不讓黛玉憂心忡忡，防不勝防？而且寶玉與一般男人的花心又不同，一般男人的花心，不過是找個女人玩玩，肉體出軌，精神不出軌。唯獨寶玉的花心，與眾不同，只要是女孩子，稍微有點姿色，有點情調，就會成為他眼裡清純曼妙的尤物，但他並非想霸佔她們的肉體，只是尋求點精神的刺激。精神出軌比肉體出軌更可怕，這比那些尋找一夜情的男人更不好對付，骨子裡花，本質上花，更折磨女人脆弱的心靈。

女人吃醋，好像是天生的本事，黛玉吃醋的水準，應該也是超一流的。她天生就敏感，心思細密，又碰上寶玉這個花心大蘿蔔，不整天泡在醋罈子裡拈酸吃醋，那可真就難為她了。

據現在的話，「吃醋是因為喜歡你，生氣是因為在乎你，發呆是因為想你，傷心只是因為不想失去你。」黛玉肯定也是這麼想的。她喜歡寶玉，所以就猛吃醋，「醋」吃多了就生氣，生氣了就掉眼淚，就發呆，就傷心，傷到了極點，就去葬花。黛玉這樣做，不僅僅是愛護花朵，還是在埋葬寶玉的花心。寶玉的花心太多了，害得黛玉埋了一次又一次，雖然埋一次，心裡暢快一次，但暢快過後，是更深的孤獨和痛苦，所以，黛玉終於把葬花這種儀式，推向了高潮和頂峰。她一邊埋葬那些花朵，一邊吟詩，也可能是太含蓄了，除了悲悲切切，悽悽慘慘戚戚，洋洋灑灑的一篇葬花詞，只換來寶玉的幾聲喝采。他該花心還是照樣花心，任憑黛玉怎麼埋，也是埋不住的。

葬花詞，可以說是絕頂好文，那遣詞造句就不用說了，單說那營造的氣氛，足夠酸倒一窩蜂了。「花謝花飛花滿天，紅消香斷有誰憐？」第一句就劍鋒直指寶玉，花心滿天飛，按下葫蘆浮起瓢，放下這個又看上了那個，但是對那些殘花敗柳一點也沒有可憐之意。男人都是無情物，只圖一時貪歡，不管女人死活。寶玉這麼花心，黛玉看在眼裡，急在心上，當然不能坐視不管。她思來想去，終於想到一條妙計，扛起鋤頭，來到花園裡，將到處灑落的花朵，全都幻想成了寶玉的無數花心，歸攏一處，挖了個坑，通通埋掉。一邊埋一邊抱怨，「我今天埋葬你的花心，不知道等我死了，埋我的是誰。」意思還是對寶玉不放心，害怕寶玉在她屍骨未寒的時候，就另覓新歡，醋意之濃，埋怨之深，無人能及。

黛玉葬花這個行為藝術，非常有創意，既高雅又寓意深刻，就像西施捧心一樣，前無古人，後無來者。當今的靚女們，當然不能再模仿，如果模仿，就成了東施效顰，令人噁心作嘔了。這個看似簡單的事，一方面表現了黛玉的無聊和寂寞，另一方面也表現了她的冰雪聰明，玩出這麼令人拍案驚奇的花樣。可見吃醋也有高雅庸俗之分，葬花，可比一哭二鬧三上吊的招數文明多了，也有趣多了。

當然，黛玉葬花，引得那些文人雅士、風流騷客們趨之若鶩，也不奇怪。這些人蒼蠅逐臭，專門以變態畸形之舉為樂，以離經叛道為風流韻事，附庸風雅，標榜自己特立獨行，不與世俗同流合污。直到今天，還有很多這樣的腐臭文人，變著法弄些酸文假醋的東西毒害稚嫩單純的少男少女，實在可恨可惡，這大概也算《紅樓夢》的一大副作用。

曹雪芹寫黛玉葬花這一行為藝術，是整本《紅樓夢》中，比較出彩的一節，如果參加美女選秀的話，絕對可以拔得頭籌。可是男人的花心，是永遠埋不完的，所以才造成了那麼多的怨婦恨女。女人不抱怨，怕會憋出病來，黛玉找不到別的辦法，葬一葬花，發洩發洩，情有可原。畢竟她生活的時代，只有大觀園那一畝三分地，封閉的生活，使她別無選擇。

把她嫁給焦大

很多人建議把黛玉嫁給焦大，這是一個很好玩的命題，就像潘金蓮嫁給了武大郎，賣油郎獨佔了花魁。

不過這樣的事，得先問問黛玉同意不同意，總不能逼婚吧。萬一逼出個好歹，投河呀，上吊呀，臥軌呀，鬧出人命來，那是要吃官司的。

要想把黛玉嫁給焦大，而且是黛玉心甘情願，積極主動的話，也不是不可能。條件是焦大發達了，成為富翁，黛玉所待的賈家大觀園破產了。失業下崗的黛玉，好吃好喝慣了，又沒什麼技能專長，工作肯定難找，生活都成了問題。常言道，由儉入奢易，由奢入儉難，富貴日子過慣，突然生活沒著落，愁不死也要急死。這時焦大老闆及時出現，問寒問暖，出手闊綽大方，說不準黛玉就被感動了。

黛玉是一個知書達禮的貴族小姐，焦大是寧府的老家奴，把兩人生拉硬拽地扯到一塊，討論其愛情的可能性，反映的是人們普遍的一種嫉妒心態。黛玉是真正的千金小姐，雖然在《紅樓夢》裡，曹雪芹沒有交代她的家產，但憑常識我們就能推斷個八九不離十。她的親爹是巡鹽御史，當的官可是天下第一肥缺，想發財易如反掌，黛玉又是獨生女，沒有什麼親戚朋友來爭奪遺產，老爹留下的錢足夠她揮霍一輩子。黛玉從小生活的條件和環境，養成了她優雅高貴的氣質，從不嬌揉造作。但她的命運卻很苦，沒了爹娘，寄人籬下，再多的金錢，也難以消除她心中孤獨和憂愁，如果把她嫁給焦大，我看也是死路一條。

惡女從良，不是件容易的事，良女從惡，也並非說的那麼輕鬆。把黛玉嫁給焦大，結局肯定是個悲劇。就算焦大發達了，成了有洋房名車的人，也未必見得能舒展開黛玉的眉頭。對於見慣了榮華富貴的黛玉來說，金錢難以打動她那顆脆弱多愁的心。

過慣了苦生活的草根百姓們，當然無法理解黛玉的做法，都說是吃飽了撐著，把她嫁給窮的叮噹響的單身漢，餓上三天，她什麼毛病也沒了。這觀點貌似很有道理，好死不如賴活著，活命總比風花雪月的愛情重要，那東西畢竟不能當飯吃。這一想法代表了一大群過怕了苦日子的平頭百姓，他們對黛玉的內心痛苦不以為然。這也難怪，人的生活條件不同，需求也不同，並且人的需求是有層次的。黛玉的需求，與粗魯的焦大不同，與草根百姓們的需求，當然更不在一個層次上。無法體驗黛玉的生活，當然就無法理解黛玉的心情。焦大們肯定不會被感動，但並不是說他們不敢動。癩蛤蟆吃天鵝肉，鮮花插在牛糞上，武大郎們誰不盼望天上掉下一個林妹妹呢？

小時候常聽一個老奶奶描繪皇帝過的好日子，並不只一次開導我，要好好上進啊，將來當了大官，就可以像皇帝那樣，每天騎著毛驢，一手攥著金條，一手拿著油條，想吃了就啃一口，想花了就掰一塊。每次我都好像看到老奶奶流著口水，眼睛放著亮光，那羡慕的神情溢於言表。假如讓她做評審委員，來評判黛玉的表現，給的分數肯定少的可憐，她永遠不會明白黛玉那麼好的生活還有什麼不知足。所以，把黛玉的心事說給窮苦百姓們聽，那真是白白地糟踏了黛玉的淚水了。有什麼樣的生活，才會有什麼樣的人生觀和生活的態度。黛玉生活安逸，除了精神和情感的追求，確實也沒什麼能令她犯愁的事了。

依我看，把黛玉嫁給焦大這個公案，並非能依靠點擊率和投票表決能解決得了，人氣決定總統選舉可以，但用來決定個人感情上的事，就純屬胡扯了。就算黛玉為生活所迫，不得已下嫁給焦大，那也是人家自己的事，用不著別人瞎操心。

把黛玉嫁給焦大，可不是簡單的婚姻問題，更反映了人們複雜心理。這本是一個春心蕩漾的事，很多人都在腦子裡設計了無數個場景，讓黛玉以各種方式嫁給焦大。社會地位的差異，必然帶來心理上的巨大落差，窮困的人們不僅要求在物質上要均貧富，而且在精神上同樣要均貧富，以此才能換來心理上的平衡。把黛玉嫁給焦大，早已演變成人們心理和情感的對抗。所以，為黛玉的情感痛苦著想事小，發洩一下心中的不滿情緒，平衡一下失衡心態，才是支持把黛玉嫁給焦大的真實想法。

相思還是相撕還是想死

黛玉的死，是高鶚給的安排，不知在曹雪芹的眼裡，黛玉應該是怎樣的死法。

黛玉短暫的一生，眼中看的，心裡想的，手中做的，幾乎都與寶玉有關，吃不下，躺不下，睡不著，睜眼閉眼都是和寶玉的事。她深知，凡是不以結婚為目的的愛情都是流氓行為。所以能不能嫁給寶玉，就成了她最為關心的事情，最後釀成了不可挽回的悲劇。

相思不是病，思起來也要命。雖然黛玉和寶玉住在一個大雜院裡，想什麼時候見就什麼時候見，可惜她老是猜不透寶玉的心事，更猜不透他們之間的婚姻是不是個值得相信的事。黛玉和寶玉的關係，搞定還是搞笑，黛玉說不清，寶玉就更說不清了。這樣關乎一生幸福的大事，黛玉多半是藏在心裡，從不向外人道也。哪像現在的男女們，什麼都要拿出來說一說，別說是相思寂寞、苦惱無聊，就是情人馬子，也沒有不敢拿出來說的。實在沒得說，也得拿個什麼來湊個數，美其名說的是寂寞。

心裡有苦不外說，當然不僅是因為害羞內向的原因，黛玉那個時代，婚姻大事畢竟不是自己能夠做主，是要聽父母的。父母不在，還有哥哥嫂子，怎麼輪，也輪不到黛玉和寶玉來說了算。這一層障礙，在很大程度上令黛玉鬱悶異常，雖然多方打探，四下裡潛伏臥底，總沒能套出掌握生殺大權的老一輩的實底來。你說心眼這麼小的黛玉不哭個你死我活，還能做什麼呢？唯一的希望，就只能寄託在寶玉這個呆頭鵝的身上了。

黛玉時刻為寶玉哭天抹淚，而寶玉卻不時地感時花濺淚，把大把大把的眼淚拋灑給那些八竿子打不著的丫鬟保姆們，這又讓黛玉鬱悶得抓狂。老一輩的支持已經指望不上，唯一的依靠還是個花心大蘿蔔，摸不清靠不住，讓黛玉還去哪裡找一條活路？撕來扯去，黛玉也沒有扯出個什麼，反而越扯越心煩，越扯越失望，越扯越灰心，最後乾脆一死了之。

拋開黛玉的心事不談，整個大觀園裡的氣氛，也不適合談婚論嫁，住在這個大雜院裡的靚女們，除了吟詩作畫，猜謎逗樂，喝酒行令，好像沒什麼其他事情可做。這樣的氣氛，也難怪黛玉只剩下與寶玉談情說愛了。

黛玉不像薛寶釵，讀書上進、經濟仕途還能指手畫腳。而黛玉在大觀園裡，完全就是個不食人間煙火的癡女子，除了滿腦子嫁人當媳婦，根本就想不起別的事情來。每當別人談起自己的婚姻大事，即便是玩笑，也能令她如遇大赦，如沐春風，巴不得人人都親口把她許配給寶玉。這種急於把自己嫁出去的心理，又處於大觀園那樣封閉的環境中，不把自己逼得吐血，老天都不會答應。

把黛玉放在賈府的大環境下，她的婚姻也就顯得無足輕重。本來，賈府中有些人還是想促成寶黛這門親事的，但隨著另一薛寶釵的插足，天秤漸漸傾斜到了薛寶釵這邊，況且在與薛寶釵的對決中，黛玉明顯處於下風。薛寶釵懂得人情世故，會討好各種有權有勢的人喜歡，也會處理各種複雜的人際關係，更適合做賈家這樣豪門貴族家的媳婦。

讀者不妨想想看，如果換成你娶兒媳婦，是娶林黛玉這樣自命清高、孤傲不群的病秧子，還是娶一個容貌美麗、恪守婦德，能夠持家理財的薛寶釵呢？答案一定傾向於薛寶釵。

黛玉可能是個好情人，但絕不是個好媳婦。人們畢竟是站在過日子的角度來看待這個問題，而不是站在寶玉的感情上。娶媳婦，終歸是要上得廳堂、下得廚房的，誰娶媳婦也不是為了藏在臥室裡，單純圖個你恩我愛。王熙鳳在賈家大行其道，順水又順風，不外乎她把那麼大的一個家庭操持得風生水起，生機勃勃。反觀黛玉這個活教材，在生活上沒有一丁點的優勢，可謂四體不勤，五穀不分，要是把賈府的事情交給她處理，不弄個雞飛狗跳，滿地雞毛，那才是高看了她。所以，從賈母、王夫人到皇妃元春，都把焦點集中到了薛寶釵的身上。

嫁給寶玉的夢想只能是夢想了，沒有誰能成全她，也沒有誰能拯救她，這就迫使黛玉只能選擇死亡這條路，這也是擺在她面前唯一的一條路。

第二章

大觀園之怡紅院

——其實我是一個天才，只可惜天妒英才

一代風騷廢物男

寶玉是賈府幾代男人的代表，按賈政的說法，寶玉是賈家男人本性的放大版，把賈家男人骨子裡的輕佻另類，進化到了極致，由此可見賈家的老少爺們都是一些什麼貨色。賈家男人的通病就是不務正業，什麼無用玩什麼。當官當不過林如海，賺錢趕不上薛蟠，打架打不過柳湘蓮，讀書比不上賈雨村，唯一的特長就是泡妞。除了鬼迷心竅、一心煉丹成仙的賈敬外，每個人泡妞都有獨到的本領。寶玉當然也是個花心大蘿蔔，最大的特長就是意淫，見了小妞就泡，一玩真的就前列腺發炎，早早扯了白旗了事。

要說寶玉這個人，談不上壞，也沒有始亂終棄的惡劣想法，其主觀理想，卻比始亂終棄、玩玩一夜情還要可怕，巴不得將全天下的靚女都蒐羅到他的帳下，像古董寶貝一樣堆在他的周圍，供他觀賞把玩。並且只看不摸，玩風雅不玩性騷擾，裝深沉不露輕薄，骨子裡流氓，手腳不流氓。

古時候的風氣，當然與現在有很大不同，社會在不斷進步，人們的想法也在不斷改變。我們不妨假設一下，如果寶玉生活在當下，走在大街上，滿眼靚女，根本看不過來，寶玉還會見一個喜歡一個，跟在屁股後面追著跑嗎？有限的美女資源，讓寶玉有了充沛的意淫精力，每天想一遭不過是洗個澡的工夫，剩下的大把時間，也就是重新溫習溫習，能弄出的創意實在有限，畢竟視野狹窄，井中觀天。

寶玉的美女情結是因為閒，閒得實在無聊，有錢無處花，有勁無處使。不愁吃喝，不想學習，不做家務，不能出門，那時又沒有網路，可以窩在家裡，打打遊戲，過過網癮，當個宅男也不寂寞。而寶玉，一個浪蕩少年窩在住滿靚女的大雜院裡，就是玩遊戲，也只能玩真人遊戲，除了調調情，罵罵俏，實在沒什麼好玩的。熟悉的地方沒有風景，什麼遊戲玩久都會生厭，整天瞧來看去就那麼幾個女孩，確實難玩出新花樣。

再看看寶玉的家庭條件，可謂是富得流油，如果那時有富豪榜的話，家庭資產怎麼也得排名世界百強以內，名車豪宅，保姆如雲，吃的就更不用說了，四斤以上的大龍蝦，有；大閘蟹，有；就連穿山甲的肉都有。閒來又無事，無事就得惹點事生點非，又不能出門逛遊樂場，去夜總會，所以也就只能在那些女孩子身上打打主意，玩點傳奇，意淫意淫。有人說富貴不能淫，大概連鬼都做不到，也就是欺騙沒有資本淫的老百姓。

由寶玉的意淫而引發的血案，可謂接二連三。幾乎大雜院裡所有的人命案，都與他有著千絲萬縷的聯繫，意淫秦可卿，秦可卿命喪天香樓；調戲金釧，金釧投井而亡；勾搭晴雯，晴雯鬱悶得抱病早死。在這個大雜院裡，不僅寂寞得要死，簡直就是寂寞得尋死。

賈府為了皇妃一日遊，鉅資打造一個大雜院，把大群青澀生嫩的女孩子安置在裡面，卻偏偏又安插進一個男子，整日在脂粉堆裡摸爬滾打。而這萬綠叢中的一點紅，勢必會引起女性們的騷亂。這樣的環境，已經讓寶玉對女孩的身體產生了審美疲勞，雖然對薛寶釵雪白的膀子產生了摸一摸的衝動，但精神需求遠遠大於荷爾蒙的激勵，為什麼這麼說呢？在寶玉看到寶釵雪白的膀子後，他實際上是在為心上人黛玉不夠豐滿美白，不夠性感感到惋惜，摸一摸也是想摸黛玉的膀子，而不是眼前這個大活人。可見寶玉的心思，在情感而不是在肉體上。

寶玉可以算男人意淫的最佳樣本，見慣了女人的肉體反而失去了肉體上的衝動，精神的幻想才能讓他感到些許的滿足。曹雪芹打造這麼一個引人注目的明星，多少有點諷刺挖苦皇帝的意思，寶玉獨行俠般生活的大雜院，與皇帝的後宮也沒有太大的差別，不過是皇宮的袖珍版。皇帝三宮六院七十二妃，三千佳麗，只供他一人享用，寶玉的大雜院，情形完全類似，女孩子分成三六九等，接近誰，遠離誰，都有嚴格的規定，而外面的男人，是絕對不能染指的，包括他的庶生弟弟賈環也不例外。我很難相信，曹雪芹不是笑話皇帝老子的，寶玉雖然是一代風流廢物男，卻遠比皇帝老子來得高雅。

寶玉除了一門心思圍繞女人動動腦筋，確實也沒什麼實用的本領，就算能附庸風雅寫幾首詩歌，寫幾筆不入流的字，也掩蓋不住他山間竹筍的本性。如果生在尋常的百姓家，說不定就是個遊手好閒的不良少年，雖然打架鬥毆不在行，小偷小摸沒那膽，但是遊戲人生還是做得上來的，大概早早就會被趕出家門，流浪社會了。

什麼生活養什麼娃，賈府的大雜院，沒有讓寶玉長成一棵歪脖子樹，已經謝天謝地謝祖宗了。

是男人你就別裝瘋

大雜院裡寂寞的生活，著實讓寶玉貌似瘋掉了好幾次。平日裡，寶玉風流倜儻，風度翩翩，可是發起瘋來，不但充滿激情，還充滿笑話。

如果弄一個問卷調查，寶玉算不算男人？恐怕多數答案都傾向於NO。因為寶玉實在很偽娘，就連瘋，也瘋的像潑婦一樣，披頭散髮，裝神弄鬼。

第一次瘋，好像並非出自寶玉的本意，他是被一個道婆弄瘋的。這次，寶玉與美女王熙鳳一起合演了雙人瘋，像吃了搖頭丸，不僅瘋狂地搖頭晃腦，還面帶殺機，見人要殺人，見賊要殺賊。何以有如此大膽的表現呢？據說是被一個精通巫術的懶婆娘施了魔法。這個女人早就被賈政的小妾用金錢拉下了水，來做臥底，專門進行恐怖襲擊的。

說起這次恐怖襲擊的動機，原因很簡單，除了嫉妒還是嫉妒。賈政的小妾嫉妒王熙鳳當了榮府的行政主管，大權獨攬，笑傲江湖；嫉妒寶玉在大雜院一人獨樂，吸引了太多粉絲的注目。為什麼選這雙子星做為襲擊的目標呢？除了眼紅兩人的明星地位以外，恐怕還有一個不好意思說出口的原因。關於這一點，我必須鼓起勇氣大膽地揭發。寶玉與王熙鳳兩人步調一致地原形畢露，發起瘋症，實在用心良苦，無意間點化了我們：賈府已經在外界的巨大壓力之下，逐漸走向精神失常，最後徹底垮掉，只是早晚的事情。

就算賈府承受的外來壓力再大，落到寶玉的肩膀，也沒有絲毫的重量了。外界能把他逼瘋一次，卻不能把他永遠逼瘋，真正能把他逼瘋的，只能是他自己。寶玉的第二次瘋掉，純粹是故意裝瘋賣傻，發洩心中的悶氣。當然還有另一層意思，那就是藉機試一試他和黛玉的私情，人氣指數到底有多高，看看有多少人支持，有多少人反對，有多少中立棄權。他瘋掉的因由，就是藉著黛玉的跟班祕書紫鵑，八卦黛玉要回江南老家這件事，借勢發威，一瘋到底。

有了上次瘋掉的經驗，這次寶玉的表演可謂非常成功，不僅騙過了賈老太太等一干親屬，還騙過了小妾襲人等貼身小保姆。最為成功的是，他深深地感動了心上人黛玉，賺取了眾位粉絲大把大把的眼淚，藉此鞏固了自己在黛玉心中的地位。

寶玉不會真的瘋掉，因為還沒有到崩潰的時候。大觀園這個大雜院，總是被曹雪芹老人家弄的很詭異，寶玉除了試一次雲雨情之外，再也沒有對臥榻之側酣眠的一大群粉白的胴體動過歪心思，好像荷爾蒙分泌不足一樣。我總覺得寶玉像《聊齋》裡的趕考書生一樣，三更半夜投宿一所荒郊野外的破廟，三聲叩門之後，有一個打扮入時的小丫鬟輕輕打開門，怒斥他是野漢子、臭男人之後欲將其拒之門外。這時一個嬌羞的大家閨秀出現了，喝退丫鬟，請他入內品茶，並安排在東廂房內安歇。正當他臥床碾轉之際，忽聽小姐的樓上傳來一陣的琴聲，讓他意亂情迷，不能自持，當即把趕考的念頭拋到九霄雲外，一心一意和小姐琴瑟和鳴起來。陶醉流連之時，又有大群時尚的美女湧出，不管三七二十一，捉弄他一番，戲耍他一番，從此他便樂不思蜀了。

結局當然要落入俗套，正在熱鬧處，一個很不識趣的光腳大仙及時出現，拿著一把破鏡子亂晃亂照，硬說那是鎂光燈，八卦那些活潑的靚女們是狐狸精，非要給她們曝光不可。這可不是人生處處上演的喜劇，我這樣說的目的，不外乎想說，寶玉在大雜院裡的生活，玩得再熱鬧，也有散場的一天。

大觀園狹促的空間，寶玉難免不會氣躁心煩，鬱悶得抓狂，可是直接發洩肯定是不允許，所以聰明他心生一計——裝。裝呆行不通，大家都知道他就是個呆子；裝深沉也不行，肚子裡墨水不多。他思來想去，只有裝瘋，正好對裝瘋輕車熟路，不用再試訓了。這一招果然奏效，瘋過兩次後，不僅整個大雜院對他另眼相看，就連一本正經的假正經賈政，也改變了以往對他的態度，不再要求他讀書學習，放任他在大雜院裡，和眾多的靚女，玩起了感情遊戲。

曹雪芹最終沒有讓寶玉徹底瘋掉，可能他也覺得這樣小兒科的把戲，玩那麼一兩次還行，玩多了就會臉紅不好意思。既然是裝，就有憋不住的時候，發洩完就算，不能一裝到底，萬一不留神笑出聲來，反而不美。所以曹雪芹從此不再安排寶玉裝瘋，實在耐不住寂寞了，就把他打發到了男人堆裡，當了一個貌似男人的和尚。

讀書撕破萬卷，下筆才能走神

曹雪芹曾經評價寶玉潦倒不通世務，愚頑怕讀文章。其實，寶玉不愛讀書，只不過他是不愛讀四書五經罷了。對於言情之類的讀物，他常常愛不釋卷。

寶玉的家是京城的豪門，當然請得起家教，並且老師也是賈家的自己人。既然是自己人，當然好說話，而且校董又是由寶玉的老爹親自擔任，所以寶玉上學這事，自然就和在自己家玩耍一樣，一切由著性子來。這裡都是清一色的男人，陽氣太盛，沒有靚女可泡，寶玉耐不住寂寞，就玩起了男風。他和秦可卿的弟弟秦鐘同學眉來眼去，結果招致其他同學的起哄，秦鐘同學還挨了一頓揍，製造了轟動一時的「斷背門」事件。

為讀書這事，寶玉也沒少挨他老爹的板子，最厲害的一次，他的屁股都被打開了花，差一點被打沒了氣，打的寶玉在床上趴了個把月，大半年都不敢出門見人。他老爹是賈府東西兩院中，學歷最高的。那時候的有錢人，都喜歡冒充有學問的高知家庭，信奉什麼「詩書繼世長」，他老爹一心想把自己的家庭打造成書香門第，自然就嚴格督促寶玉完成自己的學業。況且那時候上學，唯一的目的就是畢業以後能考上公務員，大小弄個官當當，政府的宣傳口號就是「學而優則仕」，用現在的白話來說就是，只要你學習好，就讓你當官。

因此，讀書除了當官，也沒別的用處，這也讓不喜歡當官的寶玉，平添了幾分對讀書的厭惡。另一方面，古時候學校的教材也太能裝，裝神聖、裝嚴肅、裝正經，枯燥乏味，讀起來一點也不好玩，而且就那麼幾本破書，「四書五經」迂腐酸臭。學校又沒什麼其他有趣的活動，除了搖頭晃腦啃書本，沒別的事可做，寶玉自然就對學校提不起興趣。尤其秦鐘同學因為和小尼姑玩一日情被他老爹發現痛打一頓，鬱悶而死後，寶玉就更不願意去上學了。

做為家長的賈政，痛打了寶玉幾次，眼看也起不了什麼作用，沒什麼效果，加上寶玉又貌似瘋掉了幾次，家屬親戚也出面阻攔，賈政就不再督促寶玉學習了。他對待寶玉上學這件事的態度，之所以會發生了轉變，據曹雪芹爆料，還有一個原因，那就是賈政發現他們賈家的男人都不是讀書的料。老一輩的沒有靠讀書謀取前程，而他年齡漸大，官也當累了，沒了那份上進心，也就對寶玉的學業，睜一隻眼閉另一隻眼了。

除了學不會「四書五經」，寫不出正經的作文「八股文」，其他的「歪門邪道」，寶玉學得蠻有一回事。寫詩作對是他的長項，似乎毛筆字也寫得還算湊合。那是寶玉小的時候，就把臥室裡的匾額全都提上了自己的字，後來還把自己的書法作品散發給家裡的保安和司機們，當作傳單滿京城到處散發。

寶玉展現詩才的機會更多，在他老爹面前，就非常驕傲地露了兩次臉。第一次是在大觀園這個大雜院建成後，各個小院都需要取名字題對子，在一幫知識分子、大作家面前，寶玉出盡了風頭。第二次是他老爹帶著他和兄弟們，去一個高官家裡展現才藝，寶玉臨場發揮極佳，贏得了很多獎品，這是寶玉最風光的一次。但是他的詩才，放在大雜院裡，當然就算不了什麼，幾次賽詩會，都落了下風，輸給了黛玉湘雲等眾才女。寶玉吟詩最出彩的一次，應該算他杜撰「芙蓉誄」那次，一個小丫頭騙他說，他心儀的情人晴雯死了以後，當了荷花神，於是這個傻蛋，就寫了一篇悼詞，唸給水池子裡的荷花聽。洋洋灑灑，鼻涕眼淚，邊唸叨邊冒傻氣，以此表達對晴雯的一片癡情。

說起讀書，寶玉也沒少讀，只不過都是些違禁查封的閒雜書籍，尤其喜歡讀言情小說劇本，曾經專門跑到城裡書攤，買了一些包括《西廂記》在內的十幾本言情讀物。寶玉愛讀《西廂記》，大概是很羨慕張生和崔鶯鶯的一夜情，幻想著自己就是那張生，黛玉就是那崔鶯鶯，並且還一路狂想下去，動員黛玉的跟班祕書兼貼身侍女紫鵑，能以紅娘為榜樣，玉成此事，這可能是寶玉閱讀《西廂記》最大的收穫。

關於寶玉和黛玉共讀《西廂記》一事，可以說是《紅樓夢》中最煽情的故事，寶玉可能是受書中故事啟發，彷彿一下子開了竅，終於言語輕薄了一回，雖招致黛玉的嗔怪，但心裡還是美滋滋的，有一種說不出來的開心。這也許是寶玉讀書最用功的一次，也是學以致用最典型的一次。

讀書當官，對於寶玉來說，無異於癡人說夢。他沒有讀出經世濟人之道，反而讀出了一身的臭毛病，從裡到外都沾染了知識分子恃才傲物、目空一切、故意荒誕不經、落拓不羈、遊戲人生的壞習氣，以此來彰顯個性，博得浮浪虛名。反而對生活的常識，一無所知，成了一個道道地地的廢物。文化殺人，殺人千萬而不流血，因為無形的刀最鋒利。

再美的寶玉也是石頭

傳說中，寶玉從娘的肚裡出來，口中就含有一塊玉。因為這個原因，才給他取個名字叫寶玉，偏不巧，他姓賈，賈寶玉當然就成了假寶玉。傳說永遠只能是傳說，連鬼也不會相信。寶玉在娘胎中嘴裡就含著一塊石頭，多虧當時沒有超音波、X光透視機之類的儀器，否則照出他嘴裡的石頭，不把他娘嚇得早產才怪。不僅如此，曹雪芹還編了一個神話來演繹這塊石頭的來歷，說它是女媧娘娘煉五彩石補天剩下的，丟在青埂峰下無人問津，眼看著眾位兄弟都當了老天的補丁，成了天才，唯獨自己天妒英才，不被重用，不免唉聲嘆氣，羞愧難當。恰巧遇到兩位大仙，就下跪磕頭，甜言蜜語說盡，央求將他帶到凡間，享受一番榮華富貴。於是兩位大仙就變了魔術，把這塊石頭變成一塊小小的寶玉，藏在衣袖裡，來到了繁華的京城，不知用了什麼辦法，把寶玉塞進了尚在娘胎中的寶玉嘴裡。這等離奇的事情，也虧得曹雪芹寫得出來，弄的有根有據，活靈活現，就和真的一樣。

不管曹雪芹道聽塗說也好，還是瞎編亂造也好，我們暫不予追究，不妨花點心思，探究一下他寫這塊石頭的用意。寶玉口裡銜著的這塊石頭，伴隨了他整個的青春期，就像生長激素，促使他快樂成長，也許在曹雪芹眼裡，石頭就是他的靈魂。

古代社會用玉來比喻一個人的品德，那是最高境界，指這個人很完美，像玉一樣純潔、高貴、溫和，沒有什麼大的缺點，不做什麼壞事。這樣的人有沒有我不知道，因為我還沒有遇見過，起碼寶玉在我眼裡，還沒有達到這個境界。寶玉的人品，更像一塊石頭，純粹，把人生又看的太美好、太理想化，說白了就是有點傻氣。這也難怪，寶玉的生活太過優越，又太受嬌寵，沒受過大的坎坷和磨難，所以當他真正受到考驗時，缺乏足夠的心理準備，承受不住，只好一遁了之，藏到廟裡當了和尚。

既然這塊石頭與寶玉的靈魂和人品不是一碼事，那麼這塊石頭的用心就值得懷疑。無論是寶玉和寶釵的金玉良緣，還是和黛玉的木石前盟，似乎都無法對這塊石頭的作用，給出令人信服和滿意的答案。曹雪芹編那些神話，屬於放煙霧彈，其目的就是轉移視線，掩蓋石頭的真實面目和事實的真相。

寶玉的親娘王夫人沒有患上子宮結石，寶玉在他娘肚子的十個月裡，好像也沒有患上口腔結石，這麼大的一塊石頭噙在他的嘴裡，就是憋也把他憋死胎中了，哪還有出頭之日？顯然，這不是一塊真實的石頭，只不過是虛擬的事。不用說讀者也能明白，我們的口腔之中，主要的器官就是舌頭，舌頭是用來做什麼的呢？說話，這是舌頭最重要的工作。寶玉這樣的出身，這樣的家庭，明顯是達官顯貴之家，如果讓寶玉說話，他肯定會替他所代表的貴族階層說話。那麼如何才能讓寶玉替石頭階層說話呢？那就要賦予他話語權。石頭是普通大眾，在那樣的社會裡，根本沒有說話的權力和說話的機會。而玉，是石中上品，曹雪芹假借神話，把石頭變化成寶玉，其目的就是為了化裝潛伏，臥底在貴族階層，替石頭們表達自己的心聲。

古代社會是一個兩極分化嚴重的社會，並沒有今天的言論自由，想說什麼說什麼，想在哪裡說就在哪裡說。代表草根百姓的石頭階層，根本沒有話語權，能張口說話的，只能是那些代表皇權勢力和貴族階層的寶玉。草根百姓們有話要說，卻無處可說，曹雪芹要替他們說話，也不能信口開河，必須找一個有說話權力的人，替他們說。說白了，就是曹雪芹耍了個花招，假借寶玉的口，說出草根百姓的心裡話。

再美的寶玉也是石頭，連石頭都要開口說話了，可見那時候窮苦百姓心中的苦悶，該有多麼嚴重。曹雪芹給了寶玉一塊偽裝成美玉的石頭，而且還是能「通靈」的寶玉，就是替石頭們說出自己的心裡話。可見話語權，對我們人類來說，是多麼神聖的權利。

你穿上了愛情的婚紗，我也披上和尚的袈裟

對於寶玉的愛情觀產生於何時，我還真不能確定，畢竟意淫和愛情，多少還是有那麼點不同，有了雄性荷爾蒙激素，並不一定產生愛情，這期間發生的變化，實在難以交待清楚。

寶玉從小就廝混於女人堆裡，沒有男人們參與競賽，就有點缺乏競爭力，荷爾蒙分泌有點不足。從初試雲雨情，知道了男女之事以後，寶玉就開始了意淫的漫漫征程。而女人肉體的誘惑力卻在明顯下降，好像沒有足夠的動力催促他去享受肉體之歡，只有腦袋裡的意念，在追著眾多靚女們跑，吃吃她們的豆腐，過一過嘴皮子的癮。寶玉在幾位靚女之間搖來擺去，最後愛上了天上掉下來的林妹妹。雖然寶釵、湘雲等靚女令他不忍撒手，但他的心中要選擇的老婆，卻是黛玉。

說起寶玉和黛玉的愛情，讓寶玉常常感到無奈和揪心。黛玉天性敏感，加之自己家庭遭遇的不幸，所以動不動就流眼淚。寶玉哪受得了這些，他喜歡女人，喜歡女人簡簡單單，眉開眼笑，最受不了的就是鼻涕眼淚，鬱悶苦惱。這一點也讓他和黛玉的關係變得微妙起來，若即若離，忽遠忽近，正應了孔夫子的那句話，近則怨，遠則怒。保持不近不遠的關係，確實不容易。黛玉的心裡，只有寶玉一人，而寶玉就不一樣了，他的心裡，恨不得天下美女都裝進自己的口袋。專一和博愛的矛盾就產生了。況且寶黛兩人的生活境遇不同，心態自然不同，表現出來的行動當然會有很大的差別。依我看，寶玉與黛玉的愛情，註定不會有結果，原因就在於兩人的性格、人生態度和立場，都有著很大的差異，尤其是曹雪芹埋下的伏筆，更會造成兩個人貌合神離，不歡而散。

當然，愛情和婚姻又是兩碼事，愛情可以自己做主，婚姻就不行了。在那個時代，婚姻的大權要交給爹娘的，嫁給誰不嫁給誰，娶哪個不娶哪個，自己一點也做不了主。這樣的一個巨大難題擺在寶玉和黛玉面前，他們是無法解決的，只能聽天由命了。黛玉嫁成嫁不成，只能像輪盤賭那樣去碰運氣，碰不到好運氣，只好撞暈。顯然，作者沒有讓黛玉博得這個頭彩，經過再三的權衡，最後讓寶釵披上了新娘的婚紗。

在這場婚姻變故中，寶玉一直是裝瘋賣傻的，好像他根本不知情，是大人們為了給他沖喜，故意讓寶釵冒充黛玉，以免怕他傷心，把生米煮熟了再說。關於這一點，我必須挺身而出，站出來揭發告密，事情的真相，遠非如此。

寶玉不僅頭腦清醒得很，而且可以算主謀之一，他不但知道原委，來龍去脈，還應該親自參與制訂了整個的婚變計畫。曹雪芹眼裡的寶玉，是替石頭來代言的，而高鶚，錯會了曹雪芹的意思，他以為曹雪芹是來報仇的，他一接手，就立刻開始了報仇的計畫。這樣一來，當然不再需要寶玉替石頭們代言，所以很快就把石頭給扔掉了，其實就是扔掉了寶玉的代言人使命。為了掩人耳目，故意安排寶玉裝瘋賣傻。寶玉沒了石頭，就恢復了貴族身分和地位，說話辦事自然而然就得按貴族的標準要求自己，他當然也就不能再娶黛玉為妻了。為了讓這件事看起來更加順理成章，高鶚就弄了個寶玉不知內情，讓寶釵李代桃僵這麼個障眼法。那麼如何安排黛玉呢？高鶚沒有殺人滅口，而是讓她自己消失，抱病而亡。

處理掉寶玉的石頭和黛玉這兩塊絆腳石，高鶚就開始了他瘋狂的報復破壞行動，僅用了四十回，就把榮寧上百年建立起來的家業，砸了個稀巴爛。一干眾人，死的死，逃的逃，坐牢獄的坐牢獄，發配邊疆的發配邊疆，來了個樹倒猴孫散。留下一個寶玉，安排了一個戲劇性的結局，出家當了和尚。

高鶚的做法雖然解氣解恨，痛快非常，但我總覺得淺薄了一點，與曹雪芹的初衷，相去甚遠。誠然，如果曹雪芹活著，繼續安排寶玉的命運，可能也會讓他被逼無奈出家，當一個世外方人，但顯然不會這麼草率簡單。如果要報仇，我相信曹雪芹肯定不是這個報仇法，直接發動恐怖襲擊，武裝暴動就得了，哪還用得著胡亂砸個稀巴爛，拍死一干可恨之人，這也太過於魯莽和粗暴了。一點新意也沒有，更別說深度了。

按曹雪芹的邏輯，寶玉娶寶釵、扔掉那塊偽裝成寶玉的石頭、黛玉消失等一系列事件，不是不可能，甚至寶玉出家和賈府衰亡，都有可能。但問題顯然不是出在這裡，曹雪芹心中的悲劇，可能要深刻得多，也許他是在為石頭們尋找一條出路，但最終卻發現他根本就找不到路，所有能走的路，都是死路一條，為此失望、無奈、痛不欲生也說不定。好在曹雪芹寫了八十回就扔筆而去，把可能的痛苦，留給了子孫後代，留給了我們一道永遠也回答不上來的難題。

第三章

大觀園之蘅蕪苑

——生，容易；活，容易；生活，不容易

笑著羨慕，哭著嫉妒

今天你悶騷了嗎？

賈府大觀園這個大雜院裡住著各種靚女中，寶釵是出奇地穩重，其心理的成熟度，讓我揉了好多次眼睛，也不敢相信。能把人情世故看得如此透徹，絕非一個十幾歲的小女孩能夠做到的。無論什麼事，沒有看不透，想不明白的，拿捏得恰到好處，活脫脫就是一個政治家的樣本。

難道這個小女孩，一個富貴之家的大小姐，就沒有童心、沒有天真嗎？顯然不是，那些天真、童心，不過被她深深地藏起來罷了，按現在的說法，她就是特別能裝，裝淑女，裝成熟，完全是一個悶騷型人物。這麼說來也怪不得她，你瞧她們薛家，雖然一亮相只有四口人，但來歷和經歷可是相當複雜。媽媽是個寡婦，哥哥搶來了別人的女人卻還沒成家，這個女人還不是自己的嫂子。一家人為了躲避人命官司，投靠親戚家，寄人籬下。這麼複雜的家庭和社會關係，也難為她還能打理得清，就是塊石頭，也沖磨的光滑了。

寶釵來到賈家，因個性隨和，舉止大方，很快討得了眾人的喜歡，人氣很快壓過了黛玉。這令黛玉心裡很不舒服，就像吞了塊石頭般。從此，寶釵就算和黛玉結下了樑子，兩個人的明爭暗鬥，就再也沒有停止過。而寶釵的悶騷，也讓她在與黛玉的比拼中，一直處於上風，很少有吃虧落難的時候。

悶騷是有技術難度的，寶釵的過人之處就在於，喜怒不形於色，微笑總掛在臉上，胸中萬千丘壑，到了臉上，絕不輕易還人以顏色。更厲害的是，這位大小姐並非遇事沒有原則，忍讓懦弱，而是不聲不響之中，化骨綿掌就已經拍出，不怒自威，服人於無形。

寶釵和黛玉一樣，從小都是得到父母的嬌寵，屬於那個時代少有的女性知識分子，但兩人讀書讀出的結果卻截然不同。黛玉讀書，完全是為了修身養性，增加幾分人生的情趣，這也難怪，林家書香門第，除了吃喝玩樂，確實沒有什麼事是需要黛玉操心的，也沒有什麼世俗雜務污染過她的耳目。而寶釵則不同，她讀書讀出的，全是為人之道，濟世達人的學問。她生於官商之家，銅臭氣息瀰漫，錙銖必較，方寸往來之間，除了得就是失，除了虧就是盈，必然耳濡目染，這讓寶釵長於計算生活的得失虧盈。

顯然，寶釵在競爭上，比黛玉更有優勢，因為寶釵比黛玉更生活化。寶釵的父親去世後，哥哥薛蟠接管了家裡的買賣經營，由於沒什麼文化，自身素質不高，缺乏經營管理頭腦，致使買賣一度陷入混亂，大幅度虧損，連手下都欺負他看不懂帳目，貪污侵吞他的錢財。這時候寶釵挺身而出，憑藉自己的學問和能力，很快就把薛蟠公司的來往帳目打理得清清楚楚，從財務管理上，幫助薛蟠把薛家的買賣，重新拉到正軌上。在這一點上，寶釵從小就展現出過人的才華。後來在幫助李紈和探春協理榮府內務的時候，也充分證明這一點。

寶釵多才多藝，如果大雜院進行才女秀大比拼的話，綜合才藝表演，絕不輸給任何人。她可與黛玉較量繪畫，與湘雲較量樂器，與探春較量詩詞，與惜春較量女紅。她是詩詞裡最好的畫家，音樂裡最好的書法家，繪畫裡最好的詩人。透過這些才藝表演，寶釵內心潛藏的情感和愛憎，就會悄悄地流淌出來。也只有藉助這些才藝表演，她女孩子內心細密的情感和思緒，才能得以發洩一下，除此之外，如履薄冰的生活，確實讓她無法找到一條消除寂寞、打發無聊的通道。

從本性上說，寶釵也是個活潑樂觀、童真爛漫的女孩子，不時也會躲在她親娘的懷裡撒嬌發嗲。只是出了門，才裝出小大人的樣子，不敢輕舉妄動。這樣的女孩子，要是不討人喜歡，確實比較難。就是當今社會，悶騷的女人，也會得到大多數人尊重和認可的，女孩過於張揚，容易讓人感覺輕浮，誰也不願意娶個輕浮的女人做老婆。

悶騷，可謂是寶釵的特色，也是她的優點。如果只悶不騷，像迎春大小姐一樣，是個悶葫蘆，人見人欺，那就是為人的失敗了。寶釵的騷，是內秀，是心中自有百萬兵的自信，如果只騷不悶，勢必淪為如王熙鳳般淺薄，或如黛玉般個性。這種悶騷，在這裡就顯出了寶釵的厚道。

寶釵是大雜院裡最知性的女人，從我們這些世俗人的眼光來看，她應該是個好女孩、好女人、好媳婦，賈家最後選定她做兒媳婦，說明賈家人還是有眼光的。

華麗外衣裡面的蝨子

寶釵也是人，是人當然就有缺點。寶釵雖然整天裝，但時間久了畢竟會腰酸腿軟胳膊疼，有端不住的時候，再會裝的人，也有露出馬腳那一刻。既然是悶騷，時機一到，再能裝的人也會忍不住表演一番。寶釵的缺點就是那些大戶人家裡最突出的毛病——偽善。寶釵的偽善，較黛玉等大雜院裡的其他女孩有過之而無不及不說，還顯得刻意和做作。

這一點其實在說，寶釵不性情，若論內心的壓力和艱難，黛玉、湘雲、探春、香菱，都要比寶釵大得多，黛玉失去雙親寄人籬下的悲、湘雲慘遭嬸娘的虐、探春不是正出的愁、香菱被拐賣的苦，哪一樣，都會令她們內心如刀割般難受，但這一切，並沒有抹殺她們的真性情。黛玉悲就是悲，眼淚想流就流，見了劉姥姥該嘲笑就嘲笑，無所顧忌，率性而為；湘雲是有話就說，不管你是天王老子還是母夜叉；探春因為庶出，時刻耿耿於懷，只要有機會，就要表現出自己庶出如正的襟懷，連親娘兄弟也不認；香菱更不用說了，什麼悲苦也不介懷，吟詩作賦都能玩到癡呆傻。唯有我們的寶釵，始終如一地溫文爾雅，不管打掉多少顆門牙，都笑著咽進肚子裡。這是優點，也是毛病。

古人很早以前就說過了，有心為善，雖善不賞。這話是什麼意思呢？就是說，一個人要是故意為了行善而去行善，那麼這個人的善舉就不值得獎賞表揚。做善事，要發自內心，不能刻意，刻意了就是有目的，有目的就是偽善。這一點，寶釵同樣未能倖免，偽善，就是藏在她華麗外衣裡面的蝨子，外人誰也看不到，內裡還是令她搔癢難耐的。

其實，寶釵的人品，沒什麼大的缺陷，起碼沒有壞心眼，只不過想讓自己的表現更完美罷了。在大雜院裡生活期間，寶釵就像個心理諮詢師，為各位小姐丫鬟們排憂解難，誰有了煩惱，都喜歡找她來傾訴。除了湘雲視她為知己外，就連一向心高氣傲的黛玉，最後也把她視為可以訴說心事之人，由排斥嫉妒到信任依賴。別人有病，她當大夫，她自己有病，只能自己的傷口自己舔，從來不想對外人訴說，這應該是她不夠陽光的一個表現。

無論多麼堅強的人，內心都有柔軟的地方，都有自己的軟肋。寶釵內心的空虛、孤獨和寂寞，雖然從不向外人訴說，但是我們還是能感覺得到。寶釵也渴望愛情，渴望溫柔浪漫、風情萬種，她每次和寶玉在一起時，雖故作矜持，但不時流露出的女兒之態，溫柔之情，就知道她內心也是春情蕩漾，風光旖旎的。尤其是在寶玉面前展現粉白嬌嫩的胳膊那次，貌似天真無邪，不經意春光外洩，但憑寶釵的嚴謹，怎麼會忘了男女授受不親的古訓呢？在一個男人面前走光，這樣的事情，即便是自己的親爹，也是不允許的。由此可見，寶釵的內心，還真是把寶玉當成了自己的白馬王子，真情流露的那一刻就忘記了避嫌。這引得寶玉意淫了許久，感慨那胳膊若長在黛玉身上就更加完美了。

說到這裡，我突然想到，寶玉既然心有所動，為什麼不敢伸手摸一摸呢？拋開他自身的原因，我想大概也與寶釵平日的一本正經有關。無論寶玉跟黛玉關係如何，起碼有一點他是非常清楚，那就是黛玉也喜歡他，心裡有他，不時還向他暗示表露一下。而對寶釵就不同了，他根本就沒有意識到寶釵也喜歡他。為什麼會出現這種情況呢？就是因為寶釵把自己包裹得太嚴謹，潛藏得太深，不輕易給寶玉這方面的訊息。

做為男人，如果娶老婆的話，都會爭先恐後選擇寶釵，可是要是找情人的話，就會跑掉一大半。寶釵居家過日子還行，要來點風花雪月的浪漫溫情，就憑她那四平八穩的處世之道，那是斷然不允許的。於是，曹雪芹就給她杜撰了一個身體疾病，這病很奇怪，不要命，卻也總是治不好，外人還很難看得出來。我想這大概就是暗指寶釵的心理疾病吧。

寶釵既自信，又自戀。自戀當然沒什麼不好，自戀還能達到高潮，那就是有病了。也許悶騷型的知性女人都這樣，我這樣說可沒有貶損寶釵的意思，只是為她這樣性情的人，感到一絲可惜和可憐。一個女孩子，心機如此之重，連男女愛慕的想法都要強迫自己不能有，那是多麼可怕的事情。假如做了夫妻，枕席之歡都要一板一眼，從禮法道德中找出規範動作，不准有一點個人發揮，你想一下，生活還有什麼美妙可言？從這一點來說，寶釵雖然外表光鮮，內裡已經讓幾千年的文化道德浸淫得病入膏肓，連人倫之樂都麻木不仁了。

悶騷可以，但不能只悶不騷，悶，終會悶出毛病的。寶釵的病，不是藥丸能治的，也不是心理醫師所能梳理得清的，對於我們，只扮一個遊客，參觀了寶釵的生活，自當引以為戒便是了。

笑著羨慕，哭著嫉妒

私下與人交流，很多人都認為寶釵完美無缺，為人處事從不見半點瑕疵，認真過自己的日子，對別人既不羨慕，也不嫉妒。對這些看法，我是頗有微詞。

羨慕嫉妒之心，人人都會有，就算寶釵表現的再好，也脫不了這個俗。有人說黛玉最小心眼，嫉妒心最強，我不這麼看，我只是認為黛玉表現最搶眼罷了，不能只用表現指數衡量內心的真實狀態。要說寶釵不羨慕、不嫉妒，也只是為了維護寶釵的形象，自欺欺人而已。就像女人沒有生理期就不能叫女人一樣，寶釵要沒有羨慕和嫉妒，那也不能算做一個人了。細讀《紅樓夢》，寶釵的羨慕和嫉妒，與別人並沒有什麼兩樣，只是為了低調，沒有輕易暴露出來。

黛玉和寶玉的癡情，她不羨慕嗎？湘雲的瀟灑率性，她不羨慕嗎？探春的果斷和潑辣，她不羨慕嗎？惜春的繪畫才能，她不羨慕嗎？其實她都非常羨慕，她每次看到寶黛一起說說笑笑，要嘛躲開，要嘛過去湊趣調侃，但都是刻意和小心謹慎的，既怕冒犯得罪黛玉，又怕失去寶玉的信任。她和湘雲在一起，就曾內心裡感嘆，自己什麼時候能縱情歡樂一次。而說起惜春的繪畫，她更是誇誇其談，說的頭頭是道，儼然以一個行家自居，這說明什麼？說明她對惜春能得到眾人抬舉，擔當如此重任，既羨慕又嫉妒，內心裡充滿了不服氣，所以才有這麼一番指手畫腳。

整本《紅樓夢》寶釵亮相表演的機會很多，圍繞她和寶玉的婚姻問題，是劇情的關鍵和主線。之所以安插黛玉這個強有力的競爭對手，很大程度上是為了襯托出婚姻與愛情的不同。其實，寶釵雖然對自己能擁有和寶玉的婚姻暗暗得意，但內心的苦楚還是很深的。她不僅想要婚姻，更想要愛情，所以當人們提起金玉良緣以後，她就有意躲避寶玉。表面看，很多人認為這是寶釵懂事，故意避嫌，其實外人怎能知道她內心的苦澀和尷尬。

別人的淚，是從眼睛流出的，所以我們看得見，她的淚是從心裡流出的，故而我們認為她永遠微笑。她深知寶黛之間的深情，可以說，她既羨慕又嫉妒，她多麼希望寶玉能像愛黛玉那樣愛她啊！這樣的無奈和痛楚，一直糾結在她的內心，成為她說不出口的隱憂。

羨慕也罷，嫉妒也罷，都是人之常情。一個很小就失去了父親，又是因為人命官司而遠走他鄉寄人籬下的小女孩，內心要是沒有一點觸景生情的酸楚，沒有一點嫉妒和羨慕，那不就成了木頭了嗎？但寶釵與黛玉的情況又有所不同，黛玉雖然也失去了父母，但沒有什麼官司纏身，同時黛玉在賈家，是住外婆家，外婆還在，還說了算，這一層多少對黛玉來說，是個巨大的安慰。而對於寶釵來說，這境遇就有點太過複雜了。除了自家的人命官司讓自己擔驚受怕外，和賈府畢竟只是姨娘親，這本身就會使寶釵和大雜院裡其他人的關係變得更加脆弱。

大雜院裡眾多的姊妹和黛玉都是親戚，和她寶釵，就是朋友了。例如迎春和惜春。如果寶釵表現過於隨性的話，那等待她的，自然沒什麼好果子吃。這一點上，寶釵也會時常流露出無奈之感，以及對黛玉的羨慕之情。

寶釵和黛玉一樣，無論性情多麼不同，都希望有個完美幸福的家，只不過寶釵更羨慕有個像賈府這樣熱熱鬧鬧、尊榮顯貴的大家庭。寶釵對賈府的羨慕，在書中多次流露過，例如她自己就曾回憶過自己家過去的繁華和風光。而在她的詩詞裡，也或隱或現地透露出對榮華富貴生活的仰慕。

很難界定寶釵是俗還是雅，有人說是大俗大雅，有人說是不俗不雅，有人說是真俗假雅，還有人說是雅俗共賞，莫衷一是。爭議越大，其實越能說明寶釵性格豐滿，複雜多樣。越是表面充滿快樂的人，其實內心的憂傷越重。寶釵的羨慕，是大羨慕，她的嫉妒也是大嫉妒。她總是希求盡善盡美，無論什麼事，都想獲得最好的效果，想讓所有的人滿意。就像她對婚姻的渴求，既想得到賈府的認可，又想得到寶玉的真愛，這一點跟黛玉不同，黛玉的工作重點，就放在寶玉的身上，她要的，就是寶玉對她的真情。而寶釵，要魚與熊掌兼得。這幾乎就是不可能的，天下從來就沒有這等好事。所以，寶釵的痛苦，註定不會比黛玉少。

我們都知道，慾望越多，嫉妒心就會越強。寶釵各方面都想做好，因而各方面都站滿了她的敵人。每每想到此，我都會為寶釵感覺累，也許，她有無窮的動力，以此為樂，以此為榮。但願，活在今天的靚女們，能活出自我，而不是為了活得完美。

和事佬不容易

在處理一些家庭矛盾和人際關係上，寶釵更講究拿捏一個度，不管有理沒理，只管有利無利。對各方都有利，盡量讓各方都滿意，是她處理問題的原則。寶釵是一個熱心腸、愛操閒心的人，無論是在自己家還是大雜院，甚至是賈府的事務，都能看到她的身影。她藉此獲得了人們的尊重和認可，博得了好感，樹立了威信，同時也讓自己活得特別累。

寶釵是個不折不扣的和事佬，生活中非常小心謹慎，生怕得罪哪個人，惹哪個人不高興。給我印象最深的一件事，是她無意中闖進兩個女孩私下接頭交耳的現場，聽到她們在密商一些見不得人的事情，如果這時候退出，已經來不及，如果被對方發現自己已經聽到了談話的內容，那必將惹出一些是非，對自己不利。於是，她就假裝剛剛跑到這個地方，正在追趕湘雲，大聲喊著：「我看妳還往哪裡藏！」裝憨賣傻，好像對兩個小丫頭說的話一句都沒有入耳，裝的太像了，所以也沒有引起對方懷疑，輕易地就遮掩了過去。事情雖然不大，完全可以看出，寶釵處理問題的全面和機警。如果換了別人，一頭闖進去，撞破了別人的好事，那多半會尷尬異常，留下疑心和誤會，萬一發生什麼事，就十萬張嘴也說不清了。

寶釵處事為何與她一母所生的哥哥薛蟠，大相徑庭呢？箇中原因，我也一直未能琢磨明白，單看曹雪芹的交待，看不出個所以然，外人的爆料，多少又不可信。不過細想起來，就沒什麼奇怪的了，俗話說，龍生九子，各有不同，何況他們還是兄妹，男女有別也是正常的。

寶釵的性格形成，除了遺傳因素外，我想家庭的作用也不可小視。正是因為哥哥薛蟠不學無術，在父母眼裡就是個廢才，反而促使寶釵要下工夫學好，逆反心理讓她要替哥哥爭口氣，為父母爭爭光。凡是他哥哥不愛做的，她都要努力做好。而父母對她寄予的希望越大，她對自己的要求就越嚴格，不允許自己犯下丁點錯誤。

就這樣，一步一步把我們的寶釵推向了完美的高端，可是我怎麼看她都有點高處不勝寒，和事佬，和事老，這些操心費力的事情，已經把寶釵折磨得老氣橫秋，沒有一點女孩子的青春活力和精神了。小大人這稱號，看似誇獎，其實是對一個女孩子的貶低和否認。女孩子就要青春、靚麗、活潑，像春天的花朵，活力四射，魅力無限才對。弄得半死不活、無精打采、四平八穩，終究會少了一些人生的情趣。什麼年齡說什麼話，什麼年齡做什麼事。小女孩就應該唱歌跳舞，活蹦亂跳，像春天的鳥兒一樣，充滿勃勃生機才行。按照這個思路想下來，我對寶釵的早熟，並非持贊同的觀點，我更希望她自由自在地生活，快樂地成長。

很多人都認為寶釵年齡很大，是個大姑娘，其實，她只比寶黛大一兩歲，屬於同齡人。之所以會給人這樣的錯覺，主要是因為她的行事風格造成的。她是一個和稀泥的高手，優秀的救火隊員，在薛賈兩家的關係上，有著非常好的潤滑作用，使兩家的關係更牢靠和穩固。

整個大雜院裡，幾乎處處可以看到寶釵和事佬的身影，尤其是在寶玉和黛玉之間發生的小摩擦上，就更能表現她高超的公關藝術了，連一向倔強的黛玉，都讓她和稀泥和得心服口服。在處理自己的家庭關係上，無論和老媽、哥哥，還是和哥哥的情婦香菱，都非常得體和融洽，大事小情，一家四口都聽她的，她成了家裡名副其實的主心骨。

十幾歲的小孩子，處理問題這麼穩重老辣，也真夠難為她的，我覺得這樣下去，她會少活好幾年。這可不是咒她，記得有一個不知名的外國專家曾得出這樣一個結論：操心使人老。國人不是常說頭髮都花白了，是操心的關係嗎？看來，和事佬這個工作，也不是什麼好工作，怪不得做的人這麼少。

其實，寶釵這個人還是蠻真誠的，很少挑撥是非，製造矛盾，待人一向厚道，這個是她的優點。所以人們有了點摩擦，也喜歡讓她從中調和。

我一直想不明白，曹雪芹為什麼塑造這麼一個輕易找不到缺點，卻又讓人難以十分喜歡的人物呢？是想為女人們立個學習的標本，以此為選秀的目標，還是反其道而行之，告訴女人們，就算為人像寶釵那樣趨於完美，也不會討人喜歡，惹人疼的。這樣猜測曹雪芹，是不是有點太低俗了？他的姿勢可是一直在高蹈，高雅脫俗。但我又想了，高蹈肯定是對生活的提升，低俗的生活，不正是精神高蹈的土壤嗎？這樣看來，我們應該為曹雪芹感到高興，幾百年前，就為我們女生設計好了幸福生活的羊腸小徑，並在拐彎處設立了醒目的標識，「此處危險，嚴禁超車」，告誡我們，不要比寶釵做的更好了，那樣會有悲劇發生。

形象太完美了，做事太妥帖了

寶釵經過自己的努力追求，終於修成了正果，嫁給了寶玉，正式成為賈家的媳婦。這個結局就像她的形象一樣，實在是太完美了，假如她不嫁給寶玉，我還真給她找不出合適的丈夫人選。嫁給寶玉，應該是寶釵最理想，也是最合理的劇情發展結果，但對於寶玉來說，卻恰恰相反，好像是命運在故意報復他。寶玉應不應該被報復呢？或者，寶玉應不應該得到這麼一個令人啼笑皆非的報復呢？這個問題實在有趣，我們不妨深入挖掘一下。

把寶玉放在大雜院裡來看，形象太過個性，做事太過古怪，在外人眼裡常常發呆犯傻，不是個優秀的好青年。而寶釵恰恰相反，形象好得沒法再好，行事穩妥大方，妥帖再妥帖，挑不出半點毛病，說不出半個不字，是個模範文藝女青年。寶釵嫁給寶玉，兩寶合一寶，一般人看來應該是完美無瑕，優勢互補，公主和王子從此過著幸福的生活才對，可是為什麼寶玉卻對此表示不堪忍受，痛不欲生，以至出家當了和尚才算解脫呢？寶玉這一態度，確實有點令人丈二和尚，摸著了腳，沒有摸著頭腦。

有人說是癡戀黛玉，拿起了，卻怎麼也找不到地方擱下。這可能是一部分原因，但絕對不應該是全部理由。其中，寶釵太過完美了，沒有缺憾美，也不一定不是重要原因。大男人主義，古代比今天還嚴重，一個只能上廳堂下廚房的女人，大門不能出，二門不能邁的女人，水準卻比男人高一截，什麼事情都能處理得妥當，什麼道理都能講得明明白白，無可辯駁，那男人們的臉還往哪裡擱，面子還去哪裡找？寫一紙休書，沒理由，緋聞八卦的口水也把人早早淹死了；不休，氣憤不過，鬱悶到家。沒辦法，寶玉只好一走了之。想想寶玉也夠可憐的，結婚後在家肯定怕老婆。娶了個媳婦那麼完美，行事滴水不漏，找個情婦襲人，又是個道學家，真是怕什麼有什麼。他最怕的就是道學家，偏偏給他的臥室裡派了兩個潛伏臥底的道學家，你說他不鬱悶，不抓狂，不神經，那才是真的有病了。

寶釵形象的完美和做事的妥帖，用一個簡單例子就能說得明明白白。咱們就說說寶釵是如何撤出大雜院的吧！

本來寶釵在大雜院住的好好的，後來大雜院裡發生了「色情文章」事件，賈府主事的女人們談色色變，決定查抄大雜院，搜索敏感字詞和色情文章。礙於親戚面子，執行搜索任務的人沒有搜索寶釵住的蘅蕪苑，這令寶釵很敏感及警覺。事後立即藉口她的親娘身體有病需要照顧，自己先搬了家，不在院子裡住宿。而且她給自己留好了退路，以臨時有事請假的感覺處理，順理成章，一點也不會引起人們的注意。等到時間久了，終於引起王夫人的注意，她就把在大雜院裡住著的利弊關係全部說給了王夫人，頭頭是道，合情合理，趁機來個勝利大逃亡。不僅安全撤出，還給王夫人留下了一個知大局、識大體、懂大理的好印象，深合王夫人的心意，為她能最後打敗黛玉，嫁給寶玉，增加了一塊重重的籌碼。

其實，寶釵嫁的不是寶玉，而是嫁給了賈家，這正是寶釵夢寐以求的。至於寶玉不愛她，雖然令她痛苦，但她也顧不得那麼多，兩害相較取其輕，寶釵深知其中的道理，如果不嫁給寶玉，那後果要比寶玉不愛她嚴重得多。嫁進賈府，就等於嫁給自己的理想，會來個華麗的轉身，從此就是豪門大院裡的貴婦人了。至於寶玉不愛她，慢慢培養感情，進了衙門口，不愁沒案斷。

當然，寶釵最後守活寡的命運，是高鶚給的安排，至於曹雪芹當初是怎麼想的，我們不得而知，如果按照前八十回的劇情推斷，顯然，寶釵的命運不該這麼突兀，這報復來的也太快了，快的有些不近人情。寶釵嫁給賈家，按理說賈家也沒什麼虧可吃，雖然她和寶玉的感情沒有寶黛之間那麼深，但也不至於讓寶玉如此無情，拋她而去。

一來，他們一起那麼多年，彼此還是有些感情的；二來，黛玉已死，寶玉天生也不是那麼無情，就算是為了男人面子，去尋找缺憾美，那也要有個過渡，有個忍無可忍的過程，要從量變到質變，怎麼能這樣說斷就斷了呢？顯然，這是高鶚在打擊報復，痛下殺手，忘記琢磨曹雪芹寫這個文章的用意了。看來幫人評斷灌水，也要謹慎，最好是琢磨透主文章的要義之後，再下手不遲，免得出力不討好，壞了江湖的名頭。所以高鶚的安排，如果相信，也就是假裝相信，照顧一下他老人家辛辛苦苦想出這麼多字的面子，給個安慰獎就是。

但即便是曹雪芹親自來安排寶釵的命運，我看也註定會是一個悲劇。原因再簡單不過，越是追求完美，事事盡求妥當的，其結局越會殘敗不堪，漏洞百出。水滿則溢，月盈則虧，自古皆然。老祖宗的陰陽學說，早給我們預測好了寶釵的命運。曹雪芹，也用寶釵的名字，一開始就給我們做了暗示：寶釵寶釵，保證出差，不是出門遊山玩水去了，而是命運走上岔道了。

第四章

大觀園之綴錦閣

——頭兒，我欺負的就是你

只有不稱職的老闆，

沒有不稱職的員工

只有不稱職的老闆，沒有不稱職的員工

大觀園這個大雜院裡住的眾多女人們，性格最軟弱無能的，就應該算迎春了。迎春是榮府老大賈赦的大女兒，其母親是賈赦的情婦，不甚有名。迎春，在賈家四姊妹裡，排行老二，而地位卻是最低的，是一個道地的窩囊廢。

迎春之所以得不到眾人的尊重，其實就是她自己的性格造成的。本來，元春入宮以後，她就是賈家姊妹中的老大，賈璉又是她一個老爸所生的哥哥，王熙鳳就是她的親嫂子，兩口子掌握著榮府內務的大權，只要她略微有些骨氣，哪裡會有「二木頭」的綽號？很可惜，自個不爭氣，遇事別人未說話，自己先軟了半截。所以親人姊妹，只好哀其不幸，怒其不爭，日久也就沒人拿她當回事了。

既然自己都看不起自己，服侍迎春的跟班丫鬟和奶媽，也就不把她放在眼裡，她們覺得老闆腰杆不硬，自己也底氣不足，跟著受窩囊氣，故而對她的服務也是應付了事。別人的跟班們就更不用說了，柿子都撿軟的捏，樂不得找個受氣包欺負欺負。好事沒她們的份，壞事每次都拉不下。惡性循環，迎春以及她帶領的團隊，就成了大雜院裡的出氣筒和情感垃圾箱。沒有好的老闆，自然帶不出好的員工，由於管理不善，紀律鬆弛，迎春所帶領的團隊，屢屢出現問題，多次受到大雜院管理階層的制裁。

從內心來說，我是對迎春充滿同情的，這個大小姐，人長得還是蠻漂亮的，沒什麼脾氣，性格又好，若是生在草根百姓家，雖然粗茶淡飯，日子苦點，但是家庭關係簡單和睦，說不定還會受到寵愛呵護。所以說，什麼性格適應什麼環境。我富有，不等於我快樂。

迎春性格的懦弱，給她帶來的苦果很多，惹下的麻煩更是接連不斷。住進大雜院之前還好一些，跟著探春等姊妹一起，還有父親多少能罩著點，關係也相對簡單，所以她還沒受過什麼大委屈。搬到大雜院裡就不同了，遠離父親，又和姊妹們分開，單門獨院，發生什麼事情外面也聞不見、聽不到，那些丫鬟婆子們，就如同得了大赦一般，紛紛蹬鼻子上臉，爬到迎春的頭上去了。

自己的性格如此，說不出、道不明，多一事不如少一事，怕事躲事，事到臨頭便想辦法逃脫，逃不脫就放任自流，永遠做一個縮頭烏龜。結果可想而知，那些手下跟班們，越發膽大包天，胡作非為，甚至明目張膽地拿她的金銀首飾去賭博，主子可欺，奴才自然就可恨。她們根本不顧忌大雜院裡的規矩，聚眾醉酒賭博不用說了，就連大雜院最忌諱、最不能容忍的男女入園私會通姦這樣的事，都肆無忌憚地做了出來。可想而知，她的綴錦閣，還有什麼事不能發生。

無力約束管理自己的部下，部下自然不會叫她安生。奶媽們聚眾賭博，丫鬟勾搭野漢，親戚挑撥是非，一切的不是，都算到了她的頭上，由她擔著。有仗義執言的貼身侍女要挺身而出，替她打抱不平，而她的態度卻更令人灰心喪氣，說什麼多一事不如少一事，自己吃個啞巴虧就算了，何必再找別人的麻煩，氣得貼身侍女也懶得再管她的閒事。從法律上講，身為一級主管，包庇縱容犯罪也是犯罪。雖然迎春總是試圖理清，但是豆腐落在灰堆裡，怎麼能抖落得清？自己不犯錯，不等於自己沒有錯。生活就是一團亂麻，唯一要做的，就是努力去理清它，躲是永遠躲不開的，逃也是永遠逃不掉的。越是想置身事外，越是陷得越深，越怕麻煩反而會越麻煩。

迎春這樣的性格，註定當不了一個好上司。按說她的名字叫迎春，迎春花開早，她本應在大雜院裡當個大姐大，論出身，除了嫁給皇帝的元春，在家的三姊妹，應該一樣，都是庶出，沒什麼尊卑貴賤之分，而且她父親又是老大，她的年齡又長，道理上應該能壓過探春和惜春。可是她的性格註定了她不會充分利用這些優勢，一味的逆來順受，甘願做個受氣鬼，自己不爭氣，別人也沒辦法。

其實大雜院裡的姊妹們，還是很心疼她的，處處照顧她，尤其是探春，總是處處維護她，替她說話，小妹妹惜春也常常替她惋惜，但這些外力，畢竟微不足道。做為姊妹，不在一個院子裡住，自然也不好過多插手她的事情，也就剩下同情和可憐的份了。

人的尊嚴都是自己掙來的。奴才欺主，自然是因為奴才可惡，但也與主子的軟弱不無關係。古代的君臣關係也印證了這一點，君弱則臣強，挾天子以令諸侯的事，並不鮮見。迎春，以弱示人，自以為能明哲保身，可是換來的，是更多「杯具」（悲劇），杯子裡裝著的，沒有可口可樂，也沒有糖漿，只是一杯比一杯苦澀的毒藥，最終要了她小命。

懦弱，只能苟且地活著，想活出人樣，必須要挺起腰板。

栽贓也要技巧

大雜院裡發生的違法亂紀的事情，大多與迎春下轄的綴錦閣有關，最嚴重的「色情文章」事件，就發生在她的貼身侍女司棋身上。

「色情文章」事件，確實是由一次色情活動引起的。迎春的貼身侍女司棋，在春暖花開的時候，突然春心萌動，正巧遇到了她表哥從牆外路過，來得早不如來得巧，本來兩人就是青梅竹馬，兩小無猜，還能錯過這個機會？於是兩人就在大雜院的假山旁雲雨一番，可能是太投入、太忘我了，竟然被鴛鴦撞見。司棋下跪磕頭，苦苦哀求，鴛鴦才答應她不告發她。可是慌亂中卻丟下了一個證據，把一個印著男女交歡的春宮圖香囊，丟在了假山上。

後來，這個色情文章，被來到大雜院玩耍的一個傻妞撿到了，以為是妖怪在打架，感覺好玩，就想拿回家去。不巧被大雜院的管理階層發現，於是調集「刑偵隊」，連夜突擊查抄大雜院，全面進行搜索，以便能找到發文的IP。刑偵隊的頭目是司棋的外婆，氣焰很囂張，想抓住這個機會，栽贓大雜院裡不順眼的丫頭們，趁機把她們拍趴下。

很可惜，刑偵隊在大雜院大肆搜索了一番，除了在惜春的下屬那裡搜出一些合情不合理的東西外，並沒有搜出幾個敏感字元。最後卻在司棋的記憶體裡找到了發文的證據，司棋的外婆感覺臉上很無光，連打自己幾個嘴巴，一場熱熱鬧鬧的搜索大雜院的事件，就這樣以迎春的綴錦閣蒙羞而告一段落。結局可想而知，司棋被單位開除，失去了飯碗不說，還丟人丟到她姥姥家了。這過程中，司棋也曾下跪哭求迎春去求情，迎春卻不為所動，說自己顧自己還顧不過來，還能替別人求下情來?自作自受吧，說完蒙頭大睡。其實也不是迎春冷酷無情，毫不念舊，而是她心裡非常清楚，就憑自己的實力和地位，誰會聽她的話、給她面子，不僅求不下情來，恐怕連自己也會弄一身的污濁。能保全自己，已經是萬幸了，哪還有能力解救別人。

而在「首飾門」事件中，迎春的表現就太令人失望了，她的手下貪污揮霍她的財產不說，連她的首飾金絲鳳都要拿出去典當了銀子賭博。在那樣的社會裡，女人的首飾非常重要，什麼地位、什麼場合，佩戴什麼樣的首飾，那是有著嚴格規定的，不像現在的靚女們，想戴什麼戴什麼，只要潮流、時尚，其他百無禁忌。迎春失去金絲鳳，在大雜院裡是個很嚴重的事情，沒有金絲鳳，八月十五的賞月宴會就會丟人現眼。

皇上不急太監急，這事要是處理不好，迎春的貼身侍女們是會吃不了兜著走的，所以她的侍女就央求她抓緊讓那個奶媽把首飾贖回來交差。可是那個奶媽的兒媳來到後，竟然想賴帳，侍女不願意了，兩人就爭吵了起來。多虧探春即時趕來，幫助她擺平了這事，而迎春竟扯出了一大篇《太上感應篇》般的話來，說是要還，我就收下，不還我也不要了，有人問，我就遮掩遮掩，遮掩不住，就怨不得我，自作自受，等等之類的一大堆笑話，惹得眾人又好笑，又好氣。沒辦法，只好隨她去，由此，探春也不再愛管她的閒事。

迎春在為人處世上糊裡糊塗，不辨是非，一味遷就忍讓，使她與大雜院裡眾姊妹的關係，也不是多麼融洽。她給人感覺不大合群，又不大喜歡吟詩作對，沒什麼才藝可表演，所以除了參加集體活動（那是非去不可的），大雜院裡主辦的自娛自樂活動，她參加的就很少了。就算去了，也沒什麼可表演的，不吸引注目，也就是圖熱鬧湊個數，屬於臨時演員那一類型。

迎春是大雜院裡，人氣指數最低的靚女，好像很少有人表態喜歡這樣的女人，要娶這樣的女人做老婆。也難怪觀眾不喜歡她，她這樣的老實人，生活當中註定要受氣吃虧，如果參加工作，註定也不會得到老闆和同事的喜歡。畢竟，沒有一點是非觀念，是做不好工作，也無法讓人放心的。

據迎春理論上的老娘邢夫人爆料，迎春的親娘，還是個很厲害的角色，只可惜死的早。邢夫人就想不明白，她親娘那麼厲害，怎麼輪到她，就成了軟皮蛋，連親娘一點精氣神也沒遺傳下來，不僅比不過探春，連惜春也不如。這令她大大地失望了一把，感覺自己不會生育還是命苦，如果自己能親自生一個，說不定也不至於讓自己臉上無光。但除了數落數落迎春，也拿她沒什麼辦法。

迎春為什麼表現如此懦弱，以致於人見人欺，毫無一點大家閨秀的尊嚴呢？一方面，她雖不是一個是非不分的人，但處理事情又沒有是非，不知道癥結出在了哪裡。另一方面，她的人生觀和價值觀出現了問題。做為一個權貴之家的千金小姐，雖然說不上嬌生慣養，但有點自己的小脾氣，怎就那麼難呢？要我看，不是迎春不耍大牌，沒有小姐脾氣，而是曹雪芹，故意讓她沒脾氣，故意讓她出醜難堪。

不拿起也不放下

迎春確實是真的沒脾氣。她這樣的表現總是讓人想不明白，我們日常勸人的一句話就是，誰還沒點脾氣。可是人家迎春就是沒有，給錢也沒有，打死也沒有。猛一看好像沒脾氣是好事，其實不然，沒脾氣就說明沒骨氣、沒立場、沒是非、沒對錯。什麼都沒有，怎麼判斷生活的是非曲直呢？做不出判斷，就根本無法生活。這樣看，我覺得迎春的人生觀，還是出了大問題。

當然，她天生就是軟骨頭，性格如此，也是沒辦法的事情。但性格不可能使她這麼衰，衰到不知道自己還是不是自己的地步。迎春就是在混日子，天生就沒什麼想法，好像連一點上進心、嫉妒心都沒有，也沒什麼興趣和愛好，一切順其自然。她的這一連串表現，突然讓我想起她最愛看的一本書——《太上感應篇》，這才讓我恍然大悟，原來是道教的無為而治害了她。什麼也不拿起，當然也就無所謂放下什麼，一切悉聽尊便。這一發現，讓我高興萬分，不禁讓我對曹雪芹安插迎春這個人物的動機，產生了濃厚的興趣。

影響古代社會發展最強大的社會力量不外有四種：皇權、外敵、道教、佛教。賈家大小姐元春，嫁給了皇權，代表著世俗社會最高的權力；二小姐迎春，原是道教的化身；三小姐探春，去外邦和親；四小姐惜春，皈依了佛教。說到此讀者應該明白了，原來曹雪芹在偷偷地爆料，告訴我們，幾千年來，婦女同胞們成了這四種力量的工具和犧牲品。

同時，曹雪芹故意讓賈家透過四個女人，巴結皇權、道教、外敵、佛教，妄圖藉助它們的力量拯救賈家的命運。結局固然都是一場夢，沒有誰能救得了賈家。這四種力量先後在賈家出現，而且都是以女人為樞紐，也說明賈家王朝黔驢技窮，再也沒什麼能力支撐下去了。

不獨是賈家，影響古人一生命運的，一般也就是這四種力量，而其中以皇權最重，所以元春在賈家的地位最高；以外敵的入侵最為強悍，所以探春伶牙俐齒，敢於興利除弊；以道教最弱，所以賈敬早死，迎春受盡欺凌，不以為辱，反以為榮；以佛教做為解脫，所以惜春產生了棄世的念頭，出家為尼。

當然，我們完全可以用這四種力量來象徵個人一生的成長史：皇權代表功名，道教代表修身，外敵代表報國，佛教代表養性。博取功名、報效國家、修身養性，這就是古人一生的追求。最後一切又歸結為佛教的四大皆空，所以寶玉、惜春，代表了賈府未來的有生力量，紛紛遁入了空門。

弄清楚了這一點，我們對迎春的表現，就不難理解了。

道教發展到曹雪芹那個時代，早已偏離了老子讓人們用太極學說認識宇宙萬物，大千世界，進而指導人生的初衷，而淪為旁門左道，類似整蠱術之類的功利化巫術。其順應自然、無為而治的天人合一思想，也被世俗化、功利化的消極避世、忍辱負重所代替，淪為幫助統治階級維護專制統治的工具。

尤其是《太上感應篇》，簡直是對伏羲發明的八卦、老子撰寫的《道德經》等光輝思想的極大侮辱。這些假託老祖宗偉大思想的邪教徒們，炮製出來坑害草根百姓們的毒藥，起碼在賈府，就坑害不少人。連貴族權貴們亦不能倖免，可見流毒之廣，危害之深。賈敬煉丹身亡，寶玉和王熙鳳中魔，這又出來個迎春，更厲害，直接就用《太上感應篇》的理論指導人生，實踐生活，結果到處受氣，時時碰得一鼻子灰。

沿著這個思路重新打量一下迎春的生活，她根本不是什麼性格懦弱，而是人生觀導致她懦弱、消極避世、不辨是非、逆來順受，這樣的人生，簡直就不是一個人應該有的人生。就算是豬，你要扁牠一頓，牠還要哼幾聲；就算是狗，你拍急了牠，牠還要跳牆呢。可見《太上感應篇》訓導出來的人生，連豬狗都不如了。可憐一個花朵般鮮嫩靚麗的女孩，就這樣被道教的歪理學說，活活地給害死了。

迎春有這樣的人生觀，生活在熱鬧嘈雜的大雜院裡，怪不得她那麼消極，那麼不合群，又那麼的不急不惱，一副隱居山林，置身事外的姿態。這讓我不得不呲牙而笑，我真佩服古人，這麼會自我安慰和自我調節。在賈府眾靚女出場表演的節目裡，迎春都是甘願當配角，躲在角落裡，從來不爭搶鏡頭。這完全符合道教的思想：消極，再消極，越消極就是越積極。

一味地消極避讓，什麼也不拿起，最終什麼也放不下。

角落裡蘑菇長不成靈芝

種什麼因，結什麼果。迎春的人生觀，直接導致了她悲慘的結局。嫁給中山狼孫紹祖，是曹雪芹做的主，而迎春的死，卻是高鶚一手安排的。他報仇心切，下手格外狠，一磚拍下去非死即傷。雖然痛快解氣，卻失去了曹雪芹營造的那種慢慢中毒、慢慢垮臺的綿軟醇厚之味，沒有了回味的餘地，終覺味道不足，失去了應有的力度。

以道教消極避世為人生觀的迎春嫁給了一個尚武嗜殺的軍人，其精神衝突，首先就不可避免。曹雪芹這樣安排，無非是想告訴人們，賈家之禍是不可避免，消極避讓自然不行，那就寄希望藉助武力來拯救，因為賈家就依靠武力起家的。強悍的武力面對消極的道教人生，不用想，我們就能知道結果。

賈家這樣追求書香門第的人家，卻將女兒許配給一個武夫，足見其多麼的假斯文真粗魯。

自古美人愛英雄，為什麼呢？因為英雄不用講道理，有事直接用拳頭說話。這也許讓賈赦覺得，還是武夫好，武夫安全，起碼女兒不會受到外人欺負。很可惜，孫紹祖這個武夫倒是沒讓外人欺負迎春，因為根本沒有給外人任何機會，他自己就先披掛上陣了。

像迎春這樣以弱示人，消極避世的女子，可想而知，枕席之上估計也是消極冷淡，怎麼會滿足孫紹祖一介武夫亢奮的情慾呢？反正他有的是力氣，身體裡的荷爾蒙分泌旺盛。迎春這樣工作消極的人，自然要靠邊站，雖然她是娘子軍裡排名第一，老大級人物，孫紹祖討厭她睡在身邊礙手礙腳，就把她一陣拳腳踢到了廚房柴窩裡，以後不再允許她爬上那個為她結婚準備的婚床了。

這樣的生活，喜歡忍受的迎春自然忍受了，那時候又沒有離婚一說，只有男人甩了女人、不要女人的份，哪有女人一腳踹了男人的理。迎春沒辦法，只能抽空回娘家哭上一哭，發洩發洩，回去繼續忍受孫紹祖用特殊的方式表達特殊的愛。

當然，高鶚安排迎春的死，非常簡單，只是交待了一句被孫紹祖蹂躪至死了事。推斷迎春的命運，當然不能以高鶚的處理為依據，因為他忙著為《紅樓夢》結尾，似乎並未領會曹雪芹塑造迎春這個人物的用意。雖然說迎春在嫁給孫紹祖後，不時會遭到虐待，但以曹雪芹安排故事的筆法，不會讓道教這根線這麼輕而易舉地就被扯斷。賈敬已經死了，迎春嫁給了一介武夫，武力摧殘道教雖然歷代都有，但讓道教那麼容易就滅絕也絕非易事。想消滅中華大地傳統的文化，幾乎不可能的事。

我想，如果讓曹雪芹有足夠的時間，有足夠的精力，來重新安排迎春的命運，大體的走勢應該是這樣的：由於迎春的忍辱負重，孫紹祖漸漸忘記了她的存在，失去了對她的興趣。加之，礙於賈府世交的面子，不能一紙休書休了，也不好意思降級使用，只好把她打入「冷宮」。所以迎春過著無人問津，但也算安靜的日子，期間或有人欺凌，也不至於勒逼至死，只是多少受些委屈罷了，至於最終如何收場，也就不重要了。這已經是對賈家最沉重的打擊了，比粗暴地虐待而死，我想更符合迎春名字和身分的象徵意義。

迎春，顧名思義是說，迎來了賈府的春天。沒錯，迎春出生後，接著是寶玉出生，寶玉是道教帶到賈家來的，這個問題，曹雪芹交待的非常清楚。寶玉的出生也引來了黛玉，正所謂，栽下梧桐樹，引來金鳳凰。道教的邏輯推演，把寶玉和黛玉，弄出了個木石前盟，一定要在一起廝混才能盡續前緣，為此，就把他們安排為姑舅親，並且先後讓黛玉的父母退場，最終走到一個屋簷下生活。據零距離接觸曹雪芹的脂硯齋爆料，黛玉的到來，為賈家帶來了一筆總值超過二百萬兩白銀的巨額資產，為此，使賈家進入了一個鼎盛時期。當然這是一個八卦消息，不足為憑，但如果說，賈家的春天是道教帶來的，卻並非為過。

很明顯，迎春的式微足以說明，道教註定成為不了賈府生活的主流力量，牆角的蘑菇長不成靈芝，無論它怎麼掙扎，最後都會淪為社會的配角。因為生活始終充滿了激情，充滿競爭，充滿了積極主動的進取，消極避讓、悲觀厭世、忍辱負重的人生觀，勢必會遭到火熱的社會生活所唾棄。奉勸那些膽小怕事的靚女，千萬不要被什麼寄情山水、隱居遁世之類的說詞所蠱惑。

俗，就是幸福。

誰說懦弱不是病

性格的懦弱，加上消極的人生觀，導致了迎春心理有些畸形。這樣的大家庭，姊妹們都很和睦，一般性格溫和可以理解，懦弱就有點匪夷所思了。好在曹雪芹，給了我們相信的另一個理由，那就是道教的作用和影響。

人的心理特徵形成，當然因素很複雜，這些高深的學問，我們平頭百姓，一時也弄不清楚，只是感覺迎春的心理，讓賈府和大雜院搞得有點灰暗。我們常常挪揄現代有些人是灰色人生，大概就是指像迎春這樣的吧。

人生的結局相同，但追求的過程不同，人們享受生活，其實就是享受生活的過程。能生活在一個大雜院裡，朝夕相處，應該是迎春的一種福分。雖然這些人會帶著各自不同的目的進行交往，但那種氣氛還是很珍貴，尤其是迎春生活的那個對女人禁錮的時代。生活在這樣一個熱鬧的環境中，迎春內心本應該充滿了激情和歡樂，但她給我們的感覺總是死氣沉沉，老氣橫秋，始終沒有融入大雜院快樂的集體生活之中。這是幸，還是不幸？

不能夠充分融入生活的環境，不合群，是適應能力不強的一種表現。若按照伏羲八卦、《道德經》對太極的解讀，道教的人生觀不應該是消極避世的，而應該是順應時勢，積極進取才對，示弱而不是懦弱，借勢而不是退避。而曹雪芹故意用《太上感應篇》的說教，來強化迎春身上固有的懦弱的性格，陰而至陰，顯然有點違背了相生相剋的原理。怪不得高鶚非要說她被蹂躪而死，如果不死，還真難以繼續「八卦」。

讓迎春嫁給荷爾蒙過剩、性亢奮的孫紹祖，我覺得曹雪芹安排得差強人意，所以遲遲不願提及。但既然這麼安排了，不交待一下也不好。這一條在外人看來也是最重要的一點，那就是因果報應說。讀者都知道，迎春的親爹叫賈赦，賈赦，意思就是假色情。不過賈赦可是真色，唯一的愛好就是玩女人，當然，無論他怎麼玩，也玩不出什麼新花樣。他玩了很多女人，包養了很多情婦三奶，表現最突出的一次，是他看上了賈老太太的跟班鴛鴦，欲強行據為己有，最後沒能得逞。一是因為鴛鴦以死相拒，二是賈老太太堅決不放人。賈赦只好收回成命，灰頭土臉地從外面買了幾個女孩做為精神補償。

後來，他還把自己用過的一個叫秋桐的女子，獎賞給了他的兒子賈璉，從此加速了尤氏三朵金花之一的尤二姐吞金而亡。從曹雪芹因果報應的想法來看，賈赦淫人女兒的惡行，最後都報應在他的女兒迎春身上，所以他強行做主，把迎春嫁給了淫心更盛的孫紹祖，遭受非人的蹂躪，以此來還他欠下的孽債。

假如曹雪芹不受佛教因果報應的影響，能從道教的積極方面來表現迎春身上所引起的影響和作用，迎春的命運，大抵不該這麼悽慘。所以，關於迎春嫁給孫紹祖這件事，我總覺得是曹雪芹寫作《紅樓夢》的一個硬傷。早就有人爆料，說曹雪芹寫《紅樓夢》的時候，連粥都喝不上，我不知道是不是他耗費大量腦細胞八卦賈府奢靡飲食的一個報應，假如是因果報應，那我收回我的「硬傷說」。

這貌似合理的安排，對迎春來說，實在不公平。有悖於人人平等，各罪各擔的人文精神。從自然人角度講，迎春的悲劇，更應該是她懦弱的性格製造出來的。假如她有鴛鴦的剛烈，或有黛玉的才情，即便沒有這些優點，性格略有彈性，我想賈赦斷然不會把自己的親生女兒嫁給一個大字不識的糾糾莽夫。

賈家四姊妹，代表了賈家藉助的四種勢力，代表了賈家不同時期的命運，也代表了人生的四個階段以及不同的人生觀。要說命運，其實沒一個好的，元春雖然榮華富貴盛極一時，但也只是煙花爆竹一樣，瞬間而散。單從迎春的命運來說，迎春的懦弱，正是賈府的懦弱，也是道教在賈府中的懦弱，雖然賈寶玉是道教帶進賈家的，但在賈府的宗教爭奪戰中，顯然道教節節敗退，佛教逐漸佔了上風，寶玉瘋癲，是佛教出手相救。代表道教最高權威的賈敬離群索居，早早退場，當迎春遠嫁後，寶玉的通靈寶玉也不見蹤影的時候，道教就徹底從賈家退了場。而《紅樓夢》的結局，以惜春和寶玉的出家來謝幕，顯然是在告訴我們，佛祖的腳下，已經成為我們精神的歸宿。

到這裡，我們應該徹底明白了曹雪芹用佛家因果報應的說法，來安排迎春遠嫁給孫紹祖的用意。原來整本《紅樓夢》竟然是道佛兩家的爭鬥史，怪不得一開始經常看到一僧一道連袂出場，原來是在華山論劍。而後來隨著劇情的進展，只剩一個和尚出來引渡眾生，看來是決出了勝負，以和尚拍倒了道士而告終。整個過程，我看清了曹雪芹隱藏的私心，那就是抑道揚佛。誰說懦弱不是病？這就是最好的例證。

第五章

大觀園之秋爽齋

——慫恿嘍囉難，慫恿老闆更難

姨娘也是娘

國人幾千年的傳統文化，還是蠻有特點的。在人類生育繁衍的態度上，好像與西洋文化有很大不同，西洋文化似乎鼓勵一夫一妻制，婚姻上主張男女平等，好像更傾向維持一對一之間性伴侶關係。而國人的傳統文化，顯然更支持男性與多個女性保持性伴侶關係，一夫多妻，以此來鼓勵人口的大量繁育。從最高權威開始，就做了這方面的表率，所以皇帝堂而皇之地弄上一大群女人。但凡有點權勢地位、有點財產、有點能力的男人，都要三妻四妾，這是一種榮耀，深得社會的許可和支持，用不著羞羞答答，不好意思。這種文化至今仍在延續，深深地影響國人的性觀念，所以才會大量出現包養情婦、三奶的現象，並且不以為恥，反以為榮。

而且更有意思的是，男人們找來的這些女人，也並非地位平等，級別也是有嚴格規定的，級別越高享受的性權力也越大。例如皇宮裡，只有皇后級別的才能有專夜權，可以和皇帝睡整個晚上，其他女人則必須與別人分享，級別越低，屬於自己的時間越少，分享的人越多。

《紅樓夢》當然也沒有擺脫這種文化的影響，對男女不平等的性觀念，還是大力褒揚的。賈家四姊妹中，迎春和探春就是這種性文化的結晶。在這個婚姻體系中，不管什麼級別的女人生的孩子，都只能稱呼獲得妻子地位的女人為娘，也就是說，不管誰生了孩子，都要納入妻子的名下，其他的女人只能被稱作姨娘。妻子就是大拇指，小妾們就是其他的手指，如果沒有大拇指，其他四指幾乎無用，所以大拇指的統領地位不可動搖，也就是說妻子的地位至高無上。只有妻妾協調一致，家庭才能人口繁盛，興旺發達。這樣我們就不難理解，探春為什麼不認自己的親娘為娘了。這可不是探春勢利，而是道德文化要求她必須這麼做，否則就是忤逆不道了。

賈家四姊妹，元春是皇族正統勢力的化身，是社會的主流，故而元春出身正統，佔據絕對的主導地位，而迎春、探春、惜春，分別是道教、外敵、佛教的代表，只能旁逸斜出，其地位只能處於從屬、被動的位置，是對正統勢力的補充。所以，迎春、探春、惜春，均是小妾所生，就是所謂的庶出，就一點也不奇怪了。有意思的是，賈赦、賈敬、賈政三兄弟，除了賈政的妻子生了女兒以外，其他兩人的正室，均沒有生育女孩，是巧合還是曹雪芹有意為之？

賈家四姊妹中，元春死掉以後，其他三姊妹也逐漸凋零，賈家就走向了衰敗。探春既然是外敵的化身，自然就會表現出外敵的特點。讀者都知道，外敵的存在，一直是中國傳統文化發展的巨大推手，從古至今，與外敵的爭鬥始終沒有停止過，雙方互相依存，此消彼長。

而在傳統的文化觀念裡，外敵為陰，從屬於正統，是對正統勢力的補充，有著對正統勢力的推動和抑制的雙重作用。外敵的這種文化地位，註定了它強烈的參與意識，也註定了其渴望獲得正統地位的迫切心情。同時，外敵的地位也決定了它必然以強大的武力來實現對正統皇權勢力的抑制，而最終要以被文化同化的代價再次變身為正統勢力，成為正統文化的奴隸，來對付重新崛起的外敵。

做為外敵勢力化身的探春，自然帶有外敵的這些特點，她急於獲得正統的地位，所以她不像迎春和惜春那樣，對自己是小妾所生的庶出地位不以為然，而是斤斤計較，一再宣稱自己是賈政正妻王夫人的女兒。就連在她自己的親娘面前，也一再強調這一點，所以她否認有一個趙姓舅舅，只承認王子騰是她舅舅。這不單單是勢利眼不勢利眼的問題，而是一種急切獲得正統身分的心理表現。對於不能得到正統身分的確認，歷來是外敵的心腹大患，是其不斷武力爭奪皇權的源源動力。

同為一娘所生，探春和賈環的表現截然不同，除了個性使然外，各自代表的勢力不同所帶來的訴求也不同。探春需要的是快速獲得正統勢力的認可，故而她一方面要很好地表現自己，極盡所能地與正統要求合拍，同時要用自己的強勢介入，來迅速獲得正統勢力的認可。俗話說的好，名不正則言不順。探春一再強調自己的正統身分，不外乎是為了爭奪話語權，使自己說出的話更有力量，更有人聽。

姨娘雖然也是娘，但只有住偏房的份。不僅如此，還要看兒女的臉色，認妳這個娘，妳才是娘。

上得華堂，入得茅房

探春在大雜院，表現的非常優秀，與迎春、惜春兩個的老氣橫秋、死氣沉沉，形成了鮮明的對比。同是一個屋簷下生活的姊妹，差距怎麼就那麼大呢？這也難怪，曹雪芹給探春安排的角色，就註定了她的性格和態度。既然是外敵番邦的化身，那必然要有活力和衝勁，否則靠什麼挺進中原？凡是外敵來犯，必然是外敵精力旺盛、上升勢頭很猛的時候，有了那股衝勁，才可以與中原文化一較高下。但除了武力，幾乎沒有其他可用的手段。抱著這樣的想法，我們回顧一下探春的行為，就容易理解了。

從人品上來說，探春是個好人，性格外向，嫉惡如仇，明辨是非，堅持原則，很在意維護自己的尊嚴。她敢說敢做，又有分寸，因此沒有人敢小看她，什麼事都要讓她三分。探春是一朵帶刺的玫瑰，刺了誰，誰都會感覺疼痛。而她與黛玉的自我保護不同，與湘雲的不假思索，脫口而出的真話更不同。黛玉的刺是仙人掌的刺，不管誰，不管好心還是惡意，只要靠近她，就會刺傷。而探春的「刺」，是藏在袖子裡的匕首，是用來行刺的，用來殺敵的。

在大雜院裡，探春是賈家三姊妹裡和寶玉關係最好的一個，不僅是因為她和寶玉是一個父親所生，還在於探春對寶玉的事情最為熱心。因為寶玉代表著賈府的正統勢力，所以她對寶玉格外關心，每年都要為寶玉做上一雙鞋，以拉近兄妹關係。這件事情讓她親娘知道後，還埋怨她不做給自己的親弟弟，卻做給外人。沒想到讓她搶白了一頓，說她又不是給人做針線活兒的奴才，給誰做鞋全憑自己願意，有錢難買我願意，別人管得著嗎？探春舉止大方，行為得體，上得廳堂，下得廚房，拿得起，放得下。賈家是一個富貴大家族，探春每次出現在社交場合，都表現出一個大家小姐的風範，多次受到賈府高層的褒獎。

探春的才藝更是沒得說，是大雜院裡文藝女青年當中的佼佼者，同時還是個熱心腸的文藝活動家。大雜院最高雅的事情莫過於創辦詩社，辦詩歌大賽了。這一活動，就是探春發起並積極組織的。探春的詩，更多是抒發自己的人生抱負，兒女情長的東西少。從她的詩作裡，我們也能看出，探春還是個比較遵守紀法的好青年，一般不胡思亂想、過分自我。

其實，探春也有她自己的煩惱，內心也是對未來充滿期盼的，她一切的努力，好像都是為了能夠博得一個正統的主人地位。為此，她的內心也是焦慮和不安的，畢竟自己是庶出，要想正名，天生的鴻溝幾乎很難抬腳就跨過去。

從查抄大雜院那次事件中，她強勢的表現，很容易就能看出她對自己身分的敏感。好像她有點小題大作，借題發揮，實際是那一巴掌下去，是打在了賈府管理階層的臉上，那就是一個宣言，任何人都不能小看她的存在，挑戰她的貴族大小姐的身分。探春強勢的批評，也有很多出彩的地方，說明她還是一個非常講究鬥爭策略的人。批評用的是腦袋，腦袋好使，琢磨好了再出手，才能評到要害，一批奏效，無論是對付自己的親娘趙姨娘，還是對付管理階層的王熙鳳，探春都能做得滴水不漏，恰到好處。

庶出的身分，也使得探春特別好勝，詩詞歌賦不說，針黹女紅也拿手。賈家四姊妹，探春是性格最張揚的一個，很有大小姐脾氣，敢於打抱不平，該出手時就出手，為此也贏得了姊妹們的信任和尊重。探春雖然處理問題大膽潑辣，但與王熙鳳有很大的不同，她很注意一個貴族小姐的身分和地位，更講究以理服人，不怒自威，讓那些跟她打交道的人，不經意間就心生敬畏，自矮三分。

外敵若想染指中原，肯定不會溫文爾雅，如同探春的名字一樣，是主動的探，強勢介入，以便為自己爭得位置。同時，曹雪芹為賈家的三小姐取這個名字，當然不是因為好聽，外敵勢力對賈家的無限春光，也是只來探了一下，遠沒有元春的作用那麼強大。因為一元復始，萬象更新。所以，探春雖然性格有好強的一面，但也是非常守規矩的，沒有做過什麼過頭的事情。探春最後能以王公貴族千金小姐的身分遠嫁異邦，成為異族王妃，其實不是壞事，對比一下賈家那三個姊妹的命運，你就知道我不是用心不良，胡說八道了。

拿什麼來拉動內需？

探春不僅才藝有水準，還很有經濟頭腦，是一個不可多得的管理型人才。她能夠得到賈府管理階層的破格提拔，關鍵時刻被委以重任，充當救火隊長，也看出了賈府對她的器重。這麼小的女孩子敢挑這麼重的擔子，探春真是膽氣過人，同時也暴露了她急切想表現自己的心情。

說起來，探春打理大雜院業務的這件事，還真不是什麼好差事。那可是個得罪人的工作，探春又是個沒找男朋友的小姑娘家，這在古代是很少允許出頭露面的。弄不好就會惹出八卦緋聞，弄臭了自己的名聲，影響自己找婆家這樣的終身大事。

事情的經過是這樣的：主管王熙鳳病休，管理階層安排李紈代理主管一職，管理階層認為李紈是個尚德不尚才的人，意思很明顯，認為李紈這個人品德還不錯，但管理才能不夠，彈壓不住下屬。於是，就直接提拔探春做了副主管。曹雪芹沒說這次提拔的理由，好像理所當然一樣，這從側面也反映了探春在管理階層心目中的地位，她的能力和為人，早已經得到了人們的認可。

探春，新官上任還真點了幾把厲害的火，直接燒向了大雜院裡積存多年的弊端，一下子就顯現出她的強硬手段。一上任，她首先向那些作風懶散、遲到早退，不把她放在眼裡的員工下手，拿她們開刀。接著，狠狠地給了那些徇私舞弊的人一個下馬威，樹立起了自己的威信。整頓好管理團隊的工作作風，接著，探春開始大幅度消減大雜院裡的活動經費，壓縮開支，使一些不合理的浪費現象，得到了很好的清理。當然，開源節流，才是發展的根本，如果一味節流而不開源，除了節省點銀子，也談不上多大的貢獻。所以，探春和其他兩個主管，經過開會研究，決定針對大雜院裡的實際情況，改革經營管理的辦法，對大雜院裡的各項經營，實行承包經營，進行效績考核，著實為大雜院的經濟帶來了新氣象。

年輕人就是膽大、有創意，像賈府這樣的富貴人家，一般後花園裡，花草樹木都比較繁盛，維持這些花草的生長和管理，一年也要不少的開支。大觀園這個大雜院，既然是招待皇帝小妾的小別墅，自然要比一般的後花園規模更大，花草樹木更繁多、更珍貴。

探春發現，這些花草樹木不僅可以用來裝飾風景，觀賞遊玩，完全還可以進行商品開發，不僅能拉動內需，還能賺上一筆。具體的做法就是把那些花草樹木劃分成幾塊承租給大雜院內部的員工，訂下指標，要求他們管理好花草樹木，按時向管理階層繳納大雜院所需的各種鮮花草木。剩下的產品，就可以拿到市場上賣掉，除了上繳一定的管理費，利潤歸給承租的員工個人所有。探春這一大膽的創意，果然拉動了大雜院經濟的發展，不僅花草樹木的管理水準提升了一大截，還為大雜院帶來一筆可觀的利潤。員工的腰包胖了，兜裡有了銀子，也對探春充滿了感激之情，使探春的人氣指數直線上升，成為了寧榮兩府的大紅人。

古代富貴人家的後花園，一般就有一個用處，那就是讓內眷們有個休息遊玩之處。內眷，說白了就是家裡的女人，包括老婆、小妾，沒有出嫁的女兒和小孩。古時候，女人是不能隨便出門的，尤其還沒有結婚的女孩，要整天悶在家裡，這叫藏於深閨人未識。也就是說，不能隨便讓外面的男人看到的，這樣才能有神祕感，身價才能高。那時候又沒什麼電視網路，可以看看娛樂節目，上網聊聊天，時間久了，非鬱悶死不可。所以男人們就想了個法子，在別墅的最後面修一個花園，堆上假山，栽植一些花草樹木，就當成了著名風景區。讓女人和小孩，沒事就在裡面玩耍，權當逛公園。

大觀園這個大雜院，就是賈家的後花園。後花園是古代富貴人家最隱私的地方，外人是不能輕易進入的。古代才子佳人的故事，常常是才子翻越牆頭，到花園裡和小姐幽會，玩玩一夜情，海誓山盟，私訂終身，有的感覺不過癮，還玩起了私奔。這種情況，在賈府這樣的貴族大家庭裡，很難發生。一般人家，都對後花園有嚴格的管理，是家庭管理最嚴格的地方，根本不允許外人隨便翻牆而入。古人那樣寫，不外乎是為了製造八卦緋聞，吸引注目，娛樂娛樂，也發洩一下仇富的情緒，我們斷不可相信。

賈府的這個大雜院，建築面積太超常規了，加之成為女孩子們的集體宿舍，所以管理成本也非常的大。探春這一次對大雜院進行的經濟體制改革，就像給日漸衰落的賈府打了一針強心劑，很快就給大雜院帶來一線生機，好日子又多過了好幾天。

曹雪芹安排探春進行的這次經濟改革，也悄悄地告訴我們：改革這事，要有點新鮮元素，向國外先進經驗學習，引進外地人才，也是個不錯的點子。由代表外敵勢力的探春在大雜院裡實施改革，說明那時賈府的經濟理念還是先進的。可見曹雪芹先生，還是一個蠻懂行銷的經濟學家。

反腐風暴捲走了誰？

反腐敗，是一個最得罪人的事，古今中外，沒有幾個人能做好這件事。

探春在管理大雜院期間，曾掀起了一場反腐風暴。新官上任，最容易看到的就是弊端，最容易樹立威信的，莫過於反腐。

當然反腐要看對象，要找好合適的人選，拿捏好分寸，不能不管不顧，反不了別人的腐敗，還把自己搭了進去。以探春的精明，她可不做這樣的傻事。她不會拿王夫人和王熙鳳這樣的人下手，因為她知道得罪她們的後果，她只能選個軟點、又有點地位的柿子捏捏，這樣才能取了栗子又燒不了手。這個時候，她的親娘趙姨娘硬生生地往槍口上撞，想照顧她一下都繞不開，何況這樣的好機會，探春絕不會錯過。

說起來這事情也不大，自己親舅舅死了，該給多少份，不過是人情來往。探春就按照慣例，嚴格執行制度，給了二十兩銀子。她親娘一看不高興了，自己的親兄弟死了，怎麼也得多給幾兩銀子啊！縣官不如現管，自己的女兒好不容易當了主管，這點後門還不能走？怎麼說胳膊肘也得向裡拐一拐吧。何況別人已經說給四十兩了，還假裝不知道？

於是，趙姨娘就闖進探春的辦公室，大吵大鬧。探春怎麼能受這份窩囊氣，毫不含糊地給了她親娘一陣板磚，直接拍暈了事。其他的人，看到探春對自己的親娘都不客氣，也都夾起尾巴，老老實實地工作，再不敢貪污腐敗佔小便宜了。

探春雷厲風行、秉公辦事的風格，自然會觸動某些人的利益。有一次，迎春的奶娘，明目張膽地把迎春的首飾拿出去典當銀子進行賭博，這事讓探春發現了，她當然不能不管。這次，她動了心眼，採用借刀殺人計，請管理階層的平兒出面，很輕易地就把一件棘手的腐敗案子給擺平了。

人情世故，就是國人為人處事的頭等大事。講人情就會產生腐敗，探春既要反腐敗，又要照顧人情，工作起來當然是困難重重了。這方面的分寸，探春拿捏的還算得當。反腐不反高層，這一原則探春還是非常清楚的，她反腐的目的，不過是為了贏得高層的信任，贏得眾人的支持，鞏固自己的地位罷了。

這樣一個能幹又懂事的女孩子，按理應該能找一個不錯的婆家，當家理財絕對是一把好手。如果對大雜院裡眾人進行人氣投票，在哪個最適合做老婆的那一欄，探春一定會力壓寶釵而高居榜首。她處在賈府大雜院那樣複雜的環境裡，敢於動手反腐敗，成敗暫且不論，單就其膽量和膽氣也足夠眾人學習的了。

為什麼迎春和惜春兩個表現的那麼膽小和低調，處處小心，時時謹慎，而唯獨探春敢於拿腐敗開刀呢？很多朋友或許會認為是她的個性使然，雖有一定道理，但僅論其個性，顯然還不足以支撐起她如此冒險去做這麼大件的事情。曹雪芹力捧她成為賈家新生力量的代表，並不是為了討好探春，而是有其複雜的個人動機和社會背景。

前面說了，賈家四姊妹代表了影響賈家生存發展的四種社會力量。除了正統的皇權貴族勢力，當屬外敵最有活力了。曹雪芹看來是想藉助外敵的力量，來清除賈府的腐敗，進行一次拯救的嘗試。這種努力有著一定作用，但不可能發揮成決定性的作用，賈家的命運，畢竟還得寄託在元春身上，正統力量才能決定一切。探春的改革和反腐，註定只是小打小鬧，不可能觸及賈家的根本。無論她多麼想躋身正統的圈子，也並非易事。畢竟在那個社會，出身的烙印早已印在她的身上，就像紋身一樣，一輩子也別想抹去。

探春掀起的反腐風暴，不僅沒有捲走自己庶出的身分，反而徹底把自己吹離了正統的軌道，遠嫁番邦，成了名副其實的庶出了。探春的命運，就像她的出身一樣，父系正宗的血統和母系偏房的地位，使她註定成為一種紐帶，一種過渡，一種維持兩種勢力平衡和穩定的杆子。所以，我們讀《紅樓夢》不能被曹雪芹華麗的描寫所迷惑，要挖掘深藏在字裡行間的隱私，爆爆料，八卦一下，把作者的真實用意說給大家聽。

天下沒有不散的「演習」

探春最後做為和親的公主，嫁給一個外邦的首領當王妃。至於嫁到東南西北哪個地方，不得而知。當然，這個問題並不重要，我們只需知道，探春是皇權勢力為了實現邊境安全和種族和平而擺的一個棋子就足夠了。這樣的婚姻，在幾千年的皇權歷史中並不少見，文成公主、王昭君、和碩公主藍齊兒都是代表。（偷偷爆個料：其實探春就是影射和碩公主藍齊兒，她嫁給了蒙古葛爾丹。）所以我們不能簡單地說，探春的婚姻就是一個悲劇，當然也不能斷定是個喜劇。因為婚姻的幸福與否，除了本人，別人是無法體會得到的。

曹雪芹之所以要甄士隱、賈雨村，就是把真實的事情隱藏，說的都假的，是為了自身的生命安全，避免文字獄迫害所採用的障眼法。賈不是假，而應該是家才對。我們都知道，中國古代皇權社會，就是家天下，誰當了皇帝，天下就是他一家的，所以才有「普天之下莫非王土，率土之濱莫非王臣」的說法。實際上，曹雪芹寫的這個賈府，多少有點朝廷的影子，大觀園也多少帶有帝王後宮的味道。賈家三兄弟，賈敬、賈赦、賈政，分別是宗教、司法、政府的化身，這三股勢力，其實就是國家政權的主體，而寶玉，就應該是個皇帝，三宮六院，配置齊全。所以曹雪芹推演的賈家興衰，好像在寫一個國家的興亡。

把探春放在這樣一個環境裡，我們再看她遠嫁他鄉的和親之路，就會明白這是再正常不過的事情了。從古至今歷代帝王家的女兒，嫁給外邦王公首領，不僅不是一種恥辱，還會認為是一種門當戶對的選擇。曹雪芹讓小小的探春在賈家盡情表現，有可能就是一次小打小鬧的演習，為她後來執掌大權做好鋪墊和準備。

做為外敵在賈家培訓的一個管理人才，探春的表現確實可圈可點，特別是改革大雜院的經濟營運模式，尤其出彩。一個十幾歲小女孩有如此過人膽量和超強的經營頭腦，不仰慕她，還仰慕誰呢？實話實說，論才幹，大雜院裡的眾多靚女，還沒有能超過探春的，包括生於大富商家庭的寶釵。再看探春組織發起的詩社，同樣展露出了她領導才華和組織能力。讀者別忘了，探春在大雜院眾多當中，除了惜春，可能就數她年紀最小了，按理說不管什麼事，怎麼輪也輪不到她說話的份。但這就是能力，這就是才華，這就是一個人的魅力。

整本《紅樓夢》，寫到的靚女實在太多了，有時候我讀了幾遍也記不全，雖然不能說每個女孩都有其獨特的含意，但起碼賈家四姊妹的作用是擺明在那裡的。除了元、迎、探、惜，四個字來表示一個家族的興衰以外，還讓她們四姊妹分頭代表了一個國家的四種勢力，這麼重的擔子壓在四姊妹瘦小的肩膀上，曹雪芹也真夠狠的。

四姊妹都落實在了「春」上，這一個春字，怎生了得？無論從哪個角度去理解，都有無窮的韻味。我們不妨設想一下，曹雪芹為什麼全都用了一個春字，而不是春夏秋冬四季，一字兒排開呢？我想，曹雪芹之所以這樣寫，是在表達他的一種希望，不管是哪種力量，都希望能成為一種拯救草根百姓於水火，帶給人們一個美好的春天。從另一個角度說，無論是哪種力量，帶給賈家的都是一場春夢，落花流水春去也，換了人間，曹雪芹的悲憫情懷和悲觀情緒，已經落筆滿紙煙霞了。

我們草根百姓讀《紅樓夢》，當然也能讀出家國天下來，只不過我們眼裡的家國天下，更加俗氣和小氣，不會與王公貴族們一個鼻孔出氣，動不動就弄出春秋大義來。探春在我們眼裡，就是一個能幹的小女孩，敢於當家作主，性格有點張揚倔強，什麼事都得按規矩來，錯不得半點。這樣的女孩子，也好也不好，例如對待她的親生母親，還是缺乏關心和體貼的，就算她母親做的不對，也應該體諒，哪怕能有一絲原諒，也不枉母女一場了。看來最是無情帝王家，說的一點都不錯。在母子親情這方面，顯然不如我們普通百姓更溫暖一些。

天下沒有不散的「演習」，探春逐漸長大成人，培訓的科目大部分也已經完成，該做的活動也都做完了，可以獨當一面，走上工作崗位了。這時候，就應該安排我們探春出嫁，到新的崗位去就職。這也就無聲地向我們宣告，一種影響賈家前途命運的勢力，開始撤出了賈家大院，從前臺走向幕後，至於未來能對賈家有著多大的作用，作者沒說，我們也沒必要花心思去琢磨了。看小說就是聽故事，聽到哪裡算哪裡，能聽出點門道當然不錯，聽不出門道聽個熱鬧也就心滿意足了。

做為賈家三小姐的探春，經歷了賈家最為輝煌燦爛的一段日子，雖出身令她心存芥蒂，但生活還是蠻快樂的。除了撲朔迷離的婚姻在外人眼裡是一個遺憾以外，其他方面還真說不出個曲折艱難來。用我們老百姓的話說，妳就知足吧！如果換一個人家，哪有那麼好的施展才華的機會和條件呢？說不定會成為另一個林黛玉或史湘雲。

第六章

大觀園之蓼風軒

——別以為會燒香就是活菩薩

提起賈府大觀園的大小姐們，性格一個比一個有特點。別人不說，單說賈家四小姐惜春，就是一個性情淡漠、孤僻古怪、看破紅塵、不會聊天的主兒。這怪不得別人，誰讓曹雪芹的筆下沒有留情，給她取了個令人無限惆悵的名字呢？賈家四姐妹都從一個春字，春是什麼意思？四季開始，萬物萌生，生機勃發，流光溢彩。

老大元春，一元復始，給賈家帶了興旺的開端；老二迎春，只是迎來了春，迎來之後就不知道該做什麼了，故而生在豪門，卻無豪門地位尊榮；老三探春，一探便回，探了一下深淺，展露了一下才華，曇花一現；而這最小的一位惜春，只有惋惜的份，與春天的華麗美好，擦肩而過，其看破紅塵也應該是失落後的無奈之舉。中國人給孩子取名是大有學問的，由於名字被人們長期呼來喚去，對人的心理有極大的暗示作用，日久天長，人的命運就會向名字靠近。

惜春由小姐到當尼姑，名字的暗示作用就不多表示，其命運形成主要的原因還是環境和個性使然。這小女孩生來雖模樣俊俏，但親情冷漠，爹媽不在跟前，兄嫂不管不問，連個說說知心話的人都沒有，想生出點戀父情結都難，更別說與他人團結互助了。

要說這惜春從小不熱愛生活，那也是扯淡。她的第一次露臉，並沒有狠狠秀了一把自己性情古怪的個性，只是接過別人送來的禮物，莞爾一笑，二話沒說。不像黛玉那麼狐疑猜忌，挑肥揀瘦，弄得送禮人下不來台，其天真可愛一面可見一斑。之所以導致惜春最後「獨臥青燈伴古佛」的結局，賈家的環境和命運是逃不了關係的，同時也有她自身的嚴重問題。由於家庭緣故，惜春從小不愛與人閒扯，不大會聊天，說話執拗噎人，不留情面，自然缺乏與人交流溝通的能力。

人類做為一種群體動物，彼此溝通就顯得特別重要。因為生命的脆弱使人天生具有對陌生環境的恐懼感，生活在群體之中的個體，其內心的孤獨寂寞感，要遠遠大於獨居的動物。溝通是消解這種孤獨寂寞感的最好方法，不會聊天就不會溝通，不會溝通，心中的孤獨寂寞感無法排遣，就會越積越多，最後沉澱為一種冷漠孤傲的性情，在別人眼裡當然就是個性古怪孤僻了。

聊天給人的好處是，知道自己有人關注，有人作伴，自然就不會孤單無助，寂寞難耐了。與人聊天，其實就是將自己置身於一個安全的環境裡，恐懼感自然就會消失。生活變化無常，我們每天都會因為各種不順心的事情而產生大量不良情緒，找人說說話，聊聊天，這些不良情緒就會被即時排解消化，促進心理健康。

不僅是古人如此，現在人們生活條件這麼優越，娛樂生活這麼豐富，為什麼還那麼熱衷於聊天呢？談事情當然是其次，重要的還在於排遣孤獨寂寞感，消解不良情緒。於是乎，七嘴八舌者有之，自言自語者有之，竊竊私語者有之，高聲喧嘩者有之，粗野鄙俗者有之，溫文爾雅者有之，吟誦朗讀者有之，振臂高歌者有之。不難看出，人要不說話，不聊天，不扯淡，非被憋死不可。

無論是俗聊還是雅聊，都是很好的聊天方式。而我們那位賈四小姐，顯然不善聊天之道，俗聊不會，不會說好話，不會賣人情，不會閒扯篇；雅聊也不會，不懂恭維，不懂讚賞，不懂打趣幽默，自然難與人為伍為友。

大家熱鬧才是真的熱鬧。別人越熱你越冷，眾人皆熱你獨冷，怎麼能與人聊在一起呢？經典的一次雅聊當屬眾人談論惜春畫作的那一回，當大家聊得正高興，連平日鬱鬱寡歡的黛玉都開懷大笑的時候，我們的賈四小姐，做為故事的主角，對眾人的打趣閒扯，只是心懷不滿，淡淡地說了句，「都是寶姐姐贊的他越發逞強，這會子拿我也取笑兒。」表現出明顯的不適應狀，沒有借勢發力，趁機與眾姊妹打成一片。關於這一熱鬧場面，我們會在另一節詳述，在此就不囉嗦了，能夠證明惜春不善於聊天就足夠了。

學會聊天是一種幸福，幸福就在於能扔掉煩惱，然後把煩惱扔給別人，讓別人去抓狂。可惜我們的賈四小姐，參透了禪，卻悟不透聊天的奧妙。有了鬱悶無處發洩，有了苦惱無人訴說，有了心結無人能解，得不到關愛，得不到呵護，只好一遁了之，把寂寞留給了自己，拿孤僻賭了一把明天。可惜，可悲，可嘆。

隔壁是動物世界

有人說，惜春是小姐身，尼姑命。有道理，又沒道理。古人對未嫁人的小姑娘的稱呼，就很有意思，小姐，丫頭，等級分明。有錢有勢有地位的人家稱呼小姐，貧窮的底層就叫丫頭。明明是小女孩子，卻叫姐，所以只能加個小字，意思是雖然地位高，但人還小，要從小長大。「丫」就「丫」了，不過是說其小、其微，卻偏偏加上「頭」字，頭乃為上、為大。丫頭，意思再明白不過，說其小到不能再小，開始變大升高了，地位再低也要長大。無論是小姐還是丫頭，充其量都是小孩子，漸漸長大，而不能「姐小」「頭丫」，那就不長命了，含夭折之箴語，故而諱忌。所以，小姐、丫頭稱呼雖然表現了女孩子的家庭和社會地位差異，不符合人人平等的人文民主精神，但卻非常符合國人傳統的生命哲學。

從這些看似簡單的稱呼裡，想必你已經感覺到古代社會等級森嚴的一面，賈府、大觀園，更是一個尊卑有序、界限分明、地位懸殊、職稱考評嚴格的地方。在這裡要各安其位，各守其道，不可越雷池一步，也就是說，無論是誰，都不可以越位，越位必被罰。

晴雯只是疑似越位，或者說貌似越位，其下場已經非常可悲了。最典型的莫過於秦可卿，她應該只算越級上床，上了不該上的床，其人生早早就演繹了悲劇的結局。至於襲人，暗暗努力的大半輩子，試圖提高自己的地位，進行人生的角色轉換，到頭來，也只得到了一夜情的回報，空歡喜一場。萬一哪位真的敢越位犯上，或越位高攀，其結果一定會死的很慘。

這些森嚴的等級，如同一道一道滾木礌石，橫亙在賈四小姐的面前，令她不敢與人交往，不願與人交流，視隔壁如動物園。這些小姑娘雖有小姐之尊，被層層丫鬟包圍，但人面冷似鐵，竟然找不到可以聊聊家常，訴訴煩惱苦悶的人。本來惜春就是大觀園裡眾人中，年紀最小的一個，花朵般嬌嫩，可以用弱不禁風來形容，一陣大風就能吹跑的主兒。這當然不是說她的身骨瘦弱，而是說她年齡小，勢單力薄。

一般人家這麼大的孩子，還躲在媽咪的懷裡撒嬌著，心理應該最不成熟、最脆弱、最需要關心呵護，可是惜春，已經自立自強，自立門戶，躋身園主的行列了。看看大觀園裡惜春的左鄰右舍，要嘛恃才傲物，性格孤僻古怪；要嘛八面玲瓏，端莊穩重，不近人情；要嘛深居簡出，不與外人套近乎。又都以大哥大姐自居，沒有誰真的把這個排名靠後的小人兒看在眼裡，放在心上。偶爾想起，也就是湊數打趣，徒增一些笑料罷了。

不說男人等級森嚴，單說賈府的女人序列，就可謂層層疊疊，謂為壯觀，從老祖宗賈母到王夫人、到璉情婦奶、到惜春、到奶媽、到丫鬟，每一個等級，不同的職稱，處於不同的地位，享受不同的待遇，也都有不同許可權，不同的話語權。見什麼人說什麼話，做什麼事，那是不能弄錯的，對上說錯了是冒犯、是不敬、是不孝，對下說錯了，就失去了大家小姐的風範，關乎到尊嚴體面這樣的大事。所以無論是對上還是對下都犯不得一丁點的糊塗，這層層關係壓在惜春稚嫩的小肩膀上，壓不垮她，也常常壓得她趔趔趄趄。眼前又無一個可親可近的人幫她一把，她除了恐懼、逃避、躲得越遠越好，也真沒什麼好法子，起碼我就沒有給她想到什麼好的點子，找到什麼好的路徑。

大觀園裡賈家姊妹，惜春最小，處境又最為可憐，親父母，沒得親；遠外人，遠不得。不尷不尬，難進難退。我時常閒來無事，揣摩曹雪芹安排這樣一個小姑娘的用意，似可解，又不可解，成為一個揮之不去的心病。表面看是對賈家風光不再的見證和惋惜，是對人生真諦、人生歸宿的思考和探究，但深察起來，似乎又不只這些。曹雪芹想告訴我們點別的，關於人的親情、人的成長環境、人的性格形成、人的挫折經歷，這些與人的命運似乎都有點關聯，似乎又什麼也沒說。

侯門深似海，讓一個小姑娘孤身一人置身汪洋大海之中，看到的都是人情排擠，一次一次的變故，一次一次的鬥爭，不是你死就是他活。由盛而衰，由榮而辱，由春色滿園到秋風掃落葉，小小的年紀，哪能經得起這麼大的折騰？看破紅塵逃入空門，還有比這更好的法子嗎？從這一點來看，我們看出了惜春的無奈。如果生在尋常的百姓之家，粗茶淡飯，無憂無慮，有父母百般疼愛，問寒問暖，惜春一定會健康成長，說不定會努力追尋自己心中的白馬王子，最終過上幸福的生活。所以說，出身豪門，並非一定是好事。

眾生喧囂與我無關

惜春在大觀園眾才女中以擅長繪畫聞名，要說到她畫畫這事情，我仔細讀了《紅樓夢》，大多是自娛自樂，真當回事的時候少，就連賈母的命題作畫，也沒見她表現出應有的創作積極性。她之所以連賈母的話也不當回事，大概是因為她的個性有點冷、有點另類，對別人的安排，常常感到不舒服有關。也就是說，只要不是她想做的事情，她一概感覺很討厭，從內心裡就沒打算做。

畫畫是一個雅事，惜春用它來打發無聊和寂寞，未嘗不是個好辦法，但拒絕交流、拒絕雅聊，就有點不好玩了。圍繞畫畫這事展開的雅聊，還真是集中表現了惜春的性格特點。

人天生都愛湊熱鬧，一起開開心心、說說笑笑，什麼煩惱啊，寂寞啊，也就煙消雲散了。尤其是女人們，幾個人湊在一起，眉飛色舞，要是能聊上點異聞趣事，那就更令人心情舒暢，如飲瓊漿了。可是惜春不僅不喜歡閒聊，就連談論她繪畫的雅聊，也不感興趣。

讓惜春畫大觀園這事情，是劉姥姥這個大笑星遊歷大觀園引起的。大家在大觀園裡玩得盡興開心，賈母一高興，就想把這風雅之事畫出來，以做留念。因為那時沒有照相機、錄影機，如果有，也就沒惜春什麼事了。只有畫畫這一個辦法，所以賈母就命令惜春一展才藝，把這風流雅事畫出來，先是要求畫大觀園的景色，後來看到寶琴雪下捧梅這等曼妙高雅、詩情畫意的情景，又要求把人物畫上去。

後來大家七嘴八舌，越說越起勁，要求的也越來越多。這本是惜春表現自己，與大家同樂的絕佳機會，可是我們這位小姐，越聽越生氣，認為眾人根本不懂藝術創作，在那裡瞎攙合。所以老大不高興，嘴上沒說，心裡早就想出拒絕的法子。

眾人遊完園子，坐下來聚會閒扯的時候，黛玉這個促狹鬼，看著劉姥姥好笑的模樣，就打趣叫她「母蝗蟲」。提起惜春畫畫的事情，說即使別的人不畫，也要把「母蝗蟲」畫上，不畫上她，那就是少了靈魂人物。並親自操刀，想好了畫的名字，叫《攜蝗大嚼圖》，眾人一聽，早笑得東倒西歪，史湘雲笑得差點從椅子上滑落到桌子底下，多虧板壁擋住，才沒有連人帶椅摔倒在地。黛玉自己則笑得雲鬢散亂，只好偷偷跑到別的房間補妝。寶釵正經八百地一路從立意說到佈局，從紙筆扯到顏色，盡顯其博學多才，儼然以繪畫大師自居。從畫畫談到了畫器和顏料，黛玉這個搞笑天才又開始發揮了，說是我到時候給你們找來鍋鏟，加上生薑和大醬，炒顏色吃，又引起一陣哄堂大笑。黛玉拿過寶釵開出列舉的畫器和顏料單子看了看，忍不住又冒出了一句「把嫁妝單子也寫上了」，眾人一聽，再一次笑得前仰後合。

我讀《紅樓夢》，感覺這次關於惜春畫畫的雅聊，是眾靚女們最不拘閨閣之禮，敞開心扉，開懷大笑的一次。可以說，是這些女孩子們最開心快樂的一天，是大觀園裡壓抑苦悶生活的一次集中釋放。

反觀惜春在這次雅聊中的表現，是很令人掃興的。自始至終，她做為話題的中心、聯歡的主角，不僅沒有開顏笑過，還表達了自己強烈的不滿，不鹹不淡地指責黛玉：「都是寶姐姐贊的她越發逞強，這會子拿我也取笑兒。」一再強調自己理由，表達自己的不滿情緒，挖苦說：「叫連人都畫上，就像『行樂』似的才好。」並且搪塞道：「我又不會這工細樓臺，又不會畫人物，又不好駁回。」

本來，這次雅聊是個很好的交流機會，我們的惜春，如果能像劉姥姥一樣放鬆心態，融入其中，與人同樂，不僅能消解自己心中淤積的塊壘，增進姊妹們之間的感情，對拓寬自己的視野，提高繪畫技藝，也會大有裨益的。可惜，她與這種快樂的氣氛格格不入，這更加重了她心中的孤僻和冷漠，與人之間的隔閡，更深了一層。惜春把閒扯逗樂當成了奚落諷刺和挖苦，從心底裡開始疏遠這些姊妹們，這使她的孤獨感和寂寞感有增無減，此後寄情繪畫和參禪，也就不難理解了。

透過這次雅聊，我基本明白了惜春的繪畫風格，主要是寫意山水，喜歡朦朧幽靜的意境。在她的心中，已經刪除了人物、刪除了亭臺樓閣、刪除了人間煙火，甚至花鳥魚蟲這些有生命力的東西，也已被通通刪除，剩下的，只是寂寥的荒山和幽靜的流水了。

沒有了世俗的生活、人間的冷暖，我們真不知道惜春把心寄放在哪裡，畫裡放不下，禪也不是最理想的場所，那只是無奈的選擇，是人生困惑的不解之解。

曹雪芹讓大觀園裡最小的熱愛繪畫，可能是想告訴我們：藝術並非是拯救人們心靈的靈丹妙藥，人類的寂寞空虛，永難消除。

打狗看不見主人

越是不善於交際的人，處理人際關係越是冷酷絕決，這很好理解。撇清自己，以求自保，是自我保護的良策。在對待丫鬟入畫被清理出園這件事上，我非常理解惜春的態度和做法，像她這樣從小離開雙親，無依無靠的小孩子，能夠獨善其身，自立自保，就已經非常不錯了。我們不能苛求這麼小的女孩能夠洞悉世事，圓滑世故，處理好一切複雜的關係。

實際上，查抄大觀園這件事，對惜春的心理打擊還是蠻大的，讓她再一次看到現實的冷酷和無情，再一次感到自己的孤單無依，為其心理蒙上了一層重重的陰影。

《紅樓夢》中寫：「入畫箱中尋出一大包金錁子來，約共三四十個，又有副玉帶板子並一包男人的靴襪等物。」這在古代禮法森嚴的貴族家庭裡，是一件非常嚴重的事情，惜春當然深知其中的厲害關係。雖然據入畫自己交代，是惜春的哥哥賈珍大老爺賞給她哥哥，請老媽悄悄捎進來讓她給暫時收著的，但畢竟牽扯到寧榮兩府，加上男人和女人問題，容易說不清道不明，鳳姐嘴上說可以傳遞，只是不能私自傳遞，但在惜春眼裡，說不定是鳳姐看她的面子，給她個臺階，試探她的態度罷了。這時候，惜春卻顯出了超乎常人的冷靜和理性，做出了一個出人意料又非常合理的處理方法。

當鳳姐拿出老好人的態度，假惺惺地求情說：「素日我看她還好。誰沒一個錯，只這一次。二次犯下，二罪俱罰。」鳳姐這麼做，無非是為了維護寧榮兩府的關係，既給了賈珍和惜春的面子，也顯示出自己的英明和仁慈。

但我們的惜春回答得非常果斷和堅決：「嫂子若饒她，我也不依。」

第二天，她就差人來到寧府，請來自己的嫂子尤氏和入畫的奶媽，把入畫的事情向她們做了詳細的彙報，並堅決要求嫂子：「快帶了她去。或打，或殺，或賣，我一概不管。」任憑入畫的奶媽如何下跪求情，惜春堅決不同意。

接著她與自己的嫂子尤氏唇槍舌戰了一番，語氣絕決地說：「不但不要入畫，如今我也大了，連我也不便往你們那邊去了。」入畫被帶了出去，姑嫂之間就這樣不歡而散。

紅學大家洪秋蕃在評論這件事時，這樣批註道：「惜春絕跡寧府，可與門前雙石獅共傳清白於千秋。」意思再清楚不過，惜春杜絕與自己的家裡來往，是為了保持自己的清白不受污染，維持自己的美好形象。但我不這麼看，據我對惜春的觀察，她對寧府是否清白乾淨並不關心，之所以拒絕再與寧府有任何來往，實際上是為了迴避和逃避人際間複雜的矛盾關係，堅壁清野以求自保。畢竟，她寄人籬下，寧榮兩府的關係又錯綜複雜，她夾在中間，有任何風吹草動，都夠她膽顫心驚的了。多一事不如少一事，沒什麼來往，就不會再有什麼瓜葛，再發生什麼事情，也就跟她牽扯不上了。

在這件事情的處理上，我們可以看出惜春心思的縝密和目光的長遠，借事發力，防患於未然。這件事在大觀園複雜的人際關係中，可以算是危機公關的經典案例，就連處事圓滑的薛寶釵，也不一定能拿出這樣的大手筆。

細讀《紅樓夢》後來有關惜春的描寫，這件事對她的心理打擊很巨大。這讓她對人情的冷漠有了更親身的感受和認識，不再相信親情和友誼能夠帶給她安慰和溫暖，使她的內心深處感受到更加的冷，冷得讓人顫慄、讓人恐懼。

關於這件事，讀者的評價眾說紛紜。但很少有人真正能理解惜春內心所受的打擊和創傷，大多是指責她缺乏同情心，不關愛自己的手下，冷漠自私。

如果把這件事放到現代社會，假如你的下屬像入畫那樣做了違法亂紀的事情，是包庇縱容還是聽之任之？好像都不妥當，那樣既害了下屬，也害了自己。最佳的選擇，就是與惜春採取的措施一樣，態度堅決，依法辦事。

其實，閒翻《紅樓夢》的時候，我也沒少琢磨曹雪芹這樣寫惜春的用意。看似順理成章、人物性格使然的事情，有時並非那麼簡單。惜春是寧榮兩府之間的重要紐帶，她能說出要與寧府斷絕關係的話，是否意味著寧榮兩府關係開始出現裂隙，矛盾進一步加深呢？我看曹雪芹有這一層意思。自從查抄大觀園後，寧榮兩府的矛盾，從王熙鳳身上就能看出。王熙鳳大鬧寧國府，以及後來的嫌隙人有心生嫌隙，都能看出端倪來。

由惜春來暗示兩府之間的日漸離心，不可不謂匠心獨運。由這麼小的女孩子口中說出，一方面於不經意間揭示了問題的嚴重性，另一方面也預示著大廈將傾，不可阻擋。

惜春可以說是寧榮兩府微妙複雜關係的犧牲品，處在夾縫之間，如果不想脫逃，不被夾死才怪。聰明的惜春，不可能不明瞭箇中的滋味，如果想讓自己能好好地活下去，逃避、逃跑，就是她最佳的選擇，也是最好的出路。這樣看來，你還對她的出家耿耿於懷嗎？

你燒的哪門子香？

《紅樓夢》裡，說起那幾個遁入空門、吃齋唸佛的角色，各有各的原因，各有各的苦衷。寶玉的出家是愛情絕望和生活無奈；妙玉的出家是被人逼迫，並非心甘情願；唯有惜春的出家是一種對人世生活的主動逃避，是一種生命策略的自主選擇。

惜春從小離開雙親，沒有誰為她指明人生的道路，只能靠自己摸索著生活，判斷人生的是非曲直，這令她倍感孤獨和煩惱。而她的小玩伴，也是尼姑庵的小尼姑，她們的人生之路，自然與大觀園裡俗世眾人不同，對白紙一樣的惜春來說，其薰染力自然不可小覷。但那時惜春對禮佛之路，只是有朦朧的好感，尚無法認識到佛門的好處，後來隨著年齡的增長，與妙玉相處的增多，加之繪畫藝術的啟迪和薰陶，使她逐漸領悟了禪意的奧妙。並對佛門清靜安詳的嚮往日漸增強，讓她越來越感覺到，遁入空門，是逃避人世紛爭，化解人生煩惱，排遣孤獨寂寞的最佳去處。因而她的向佛之心，與日俱增。

眼看著大觀園裡的姊妹們一個個命運多舛，也更加令惜春心灰意冷。四姊妹的大姐元春，雖貴為皇妃，富貴尊榮，但到頭來還不是香消玉殞，白白搭上了自己的小命；二姐迎春性格懦弱，被其父作主嫁給了富家子弟孫紹祖，結果「可憐一位如花似月之女，結縭年餘，不料被孫家揉搓以致身亡」；三姐探春是四個姊妹中最有才華的一個，才氣過人，心高氣傲，是一個治家理財的高手，其命運和結局，仍逃不脫「一帆風雨路三千，把骨肉家國齊來拋閃」。再瞧瞧黛玉的可憐淒涼，湘雲的不幸痛苦，如果惜春、賈府最小的大小姐，還能沉得住氣，不為自己的前途命運著想，不是個傻妞也是腦子進水的角色。

惜春規劃自己的人生路時，當然不能再重蹈姊妹們的覆轍，她有自己的想法和打算。有些人信佛拜佛，認為那是積德行善之事，可以為自己修來下輩子的幸福，但惜春顯然不是為了這些，她考慮只是今生今世的生活，至於來生，她才不管那麼多。

惜春禮佛，完全是被佛門的清靜所吸引，想換一種生活，換一種活法，說白了就是逃避，對侯門大院裡人情冷暖的逃避，對出身富貴之家千金小姐的可悲命運的逃避。所以她對出家為尼這條路的選擇，是經過深思熟慮的，任何人的勸阻，都不可能動搖她的決心。就連賈政和王夫人的勸說，也不能絲毫打動她，她冷靜地拒絕說：「你們依我呢，我就算得了命了，若不依我呢，我也沒法，只有死就完了。」她堅定地認為，除了遁入空門，根本沒有第二條活路。

惜春出家，還源於她對佛門有自己獨到的認識和見解。她經常與佛門中人交往，並非認為佛門是個了無生機的世界。她和妙玉友情深厚，經常下棋對弈尋求開心，與小尼姑智能玩耍嬉戲，天真快樂。而她對地藏庵老尼義正辭嚴，也說明她睥睨佛門中勢力庸俗的一面。

國人燒香拜佛，大多出於世俗功利的目的，佛祖保佑啊，臨時抱佛腳啊，無不流露出一種依賴神祕外力，解決現實生活中人力無法解決之難的意願。有人做了壞事在佛祖菩薩面前燒香磕頭，是為了逃避懲罰；有人生病遇災，跑到廟裡擺供上香，是為了求神靈保佑祛病消災；有人買賣未做，事業未成，先要供佛許願，是想讓佛祖幫他升官發財，滿足個人一己私利。這種功利主義的禮佛之舉，早已背離了佛的本真要義。而現在很多人出家為僧為尼，大多也非真正想修身養性，頓悟人生真諦，而是把佛門寺廟看成了一種謀生吃飯的好去處，掙錢贏利的好場所。

世人常說，求佛不如求己。心中有佛，佛自在。道理人人都懂，可是真做起來就不是那麼回事了。人生多煩憂，總有這樣那樣自己解決不了的問題，把人力不可為之事託付給神靈，難言之隱一拜了之，不失為一種解脫的辦法。

在選擇自己的人生路上，惜春沒有求助別人，而是透過自己長期觀察摸索，找到了一條自己認為非常理想的道路。她出家為尼，是選擇了一種生活的方式，一種別於常人的活法，既不是為了大徹大悟，也並非為謀生取利。她的這種選擇，在我瞭解的出家人中，實乃鮮見。

從惜春出家這件事我們不難看出，曹雪芹也是實在無法找出挽救賈府頽敗命運的良策，只好把佛門淨地當成極樂世界，以消解心中的無奈和彷徨。與其說是惜春遁入空門，不如說是曹雪芹的心，遁入了清靜冷寂之地。

在惜春身上，曹雪芹讓她承載了太多太多的東西，雖然著墨不多，但壓力盡顯，如果是現實中人物，非得壓垮這個瘦小嬌弱的小女孩不可。好在讀書讀意，誰也不會把惜春的生活拷貝到自己的身上。遁入空門是不是一種好的生活方式？也沒有誰還會在今天這樣的社會裡深究這個問題，因為每個人都有選擇自己生活方式的權利。

第七章

大觀園之藕香榭

——你請我來不是為了吃大閘蟹吧

走穴與走光

藕香榭，聽上去就是偶想謝，那麼偶想謝什麼呢？什麼事需要偶感謝呢？這個問題，需要邊讀邊想。也有朋友說了，不是偶想謝，是偶想寫。仔細讀讀，也對。那麼偶想寫什麼呢？什麼人想寫呢？這個問題，也需要到書中去找答案。首先，讓我們看看誰住在這個充滿問題的小院子裡。

藕香榭這個小院，顧名思義是種滿了蓮藕。蓮藕是池中物，是出淤泥而不染的聖潔品質的象徵物。住在這樣地方的人，一定是自以為有著聖潔品質的人，否則就會覺得與這滿池的荷花不匹配。古代文人雅士，對荷花和藕有著超常規的喜歡，喜歡到了變態的地步，他們大多把自己當成荷花，用來標榜自己的人品多麼好，即使從爛泥塘裡爬出來，也不會沾上半點泥巴。難不成，住進這個小院的史湘雲，也是這樣高看自己的嗎？

史湘雲是賈府輩分最長、地位最高的賈老太太的娘家孫女。賈老太太娘家姓史，歷史的史，嫁給賈家，那就是賈史氏。既然賈是家，家天下自然會有歷史的傳承，故而家史聯姻就是必然的事情了。所以，為了表示歷史傳承悠久和根基深厚，賈家最長者就是史姓的老太太了。因為有了賈老太太這層關係，史湘雲與賈府也就扯上了關係，不過她一直是賈府的過客，大雜院裡的生活，完全是走穴。湘雲小時候因為沒了父母，也曾在賈府生活了很久，具體的生活狀態和細節，曹雪芹沒有過多交待，所以我們也不得而知。

史湘雲，仔細讀讀就會發現，原來是史想云，就是說，歷史要說話。可見，湘雲是以一個史官的身分出現在賈家的。家天下離不開歷史的傳承，沒有歷史淵源，就無法證明自己權力來源的合法性，就不能贏得民心，名不正則言不順，統治者們太明白其中的好處。所以，每個統治者都會拼命地修史，美化自己，使自己的政權傳承合法化，妄想輩輩流傳，永遠是老大。

曹雪芹筆下的湘雲個性還是很鮮明的，是個大舌頭，愛二不分，喜歡表現自己，這完全就是個活脫脫的史官形象。所謂歷史，很多話不能說清，只能含含糊糊，模棱兩可，想不大舌頭都不行，愛就是二，二百五的二，就是說，有時候要假裝強烈的愛，有時候又要裝成二百五，該裝呆賣傻的時候絕不能顯得聰明。

湘雲並不常住大雜院，這也非常符合她的身分，歷史的編纂，必須要有所取捨，不能什麼都寫，該寫的寫，不該寫的絕對不能寫。寫什麼不寫什麼完全要根據統治者的需要，因而，歷史絕不是真實的歷史，只是帝王們的「打扮史」。胡適也曾說過，歷史就是小姑娘，想把它打扮成什麼樣，就打扮成什麼樣。

湘雲既然是為賈家修史來了，那必然是走穴，像歌星一樣，走到哪裡表演到哪裡。因為人們都想把自己寫得好一點，故而她所到之處，必然受到人們的巴結和追捧，粉絲當然不會少。既然歷史是取捨的歷史，粉飾過的歷史，肯定不會嚴絲合縫，不留一點縫隙。湘雲也有百密一疏的時候，醉酒忘形，免不了偶爾走光一下，歷史的八卦和緋聞，就是這樣來的。

湘雲的走光，在大雜院裡，肯定會引起轟動，人們哪有不對緋聞津津樂道的呢？歷史弄的再嚴謹，有些真相也會被洩露，成為人們茶餘飯後的話題。有人私下曾爆料，湘雲就是脂硯齋，如果這個說法是真的，也沒什麼值得大驚小怪的。脂硯齋之所以有資格評點曹雪芹的《紅樓夢》，大概也是對曹雪芹的生活太熟悉了，旁觀者清，就像湘雲一樣，是賈家的看客，對賈家的內幕多少還是知道一些，這樣才有資格為賈家修史立傳。湘雲的特殊身分，才使她在大雜院裡的生活如此放肆，除了她，旁人還真沒有走光的條件和機會。大雜院裡的眾靚女們，身分和地位要求她們必須時時刻刻保持莊重、嚴謹，不能有任何失態。況且，就算她們偶爾失態，也沒人會關注，畢竟她們洩露的只是自己的小祕密，不像湘雲，露出的是歷史的尾巴，是人們迫切想知道的歷史內幕。

這樣來看，我們就清楚了她醉臥芍藥花下為什麼如此吸引注目了。她的內心裡，可是隱藏著賈家不可告人的隱私，誰不想一睹為快呢？大家巴不得她酒後吐真言。湘雲父母早亡，跟著叔父生活，一切要聽嬸娘的。其實，史官命運也大抵如此，在衙門裡就是附庸，別看出門風光無限，回到家裡，還要拼命幹活，把自己收集的材料，挖空心思變成書稿才成。這樣你就知道湘雲為什麼回到家就加班，那是在趕稿子。當個史官，可不是件容易的事，稍不注意，就會受到主管部門的訓斥和責罰。

曹雪芹筆下的湘雲，表面憨態可掬，其實聰明伶俐，既可愛又可憐。眾人喜歡她，又對她充滿了同情。她的出現，看似可有可無，其實大有深意，賈家既然是家天下，就少不了史官，賈老太太能高居賈家榜首，無非是為了證明歷史淵源的深厚。有了這個深厚歷史淵源，才生生不息，這種期待，恐怕是賈家最為強烈的一種願望。

出場費是不能少的

湘雲在大雜院裡最出彩的表現，就數那次螃蟹宴答謝賈家盛情款待這件事了。知道湘雲的身分，在賈家受到熱烈歡迎就一點也不感到奇怪了。一方面說明賈家對歷史的敬畏和重視，另一方面也說明湘雲還是個識時務者，知道如何利用自己的身分提升人氣。

其實湘雲就像歷史上真實的史官一樣，清水衙門，收入並不高，就那點工資收入，別說請客了，大概只能填飽自己的肚子。出來會混，面子是少不了的。撈點外快，拉點贊助，也是一種生財的辦法，既然來走穴演出，那出場費是斷然不能少的。還人情是面子，大話出口，少不了就得兌現，可是腰包太扁了，沒銀子，這多少讓湘雲有點竹竿子挑門簾，硬撐門面。當然，既然敢放言請客，湘雲當然心中有數，否則也不敢妄誇海口。

她的心事，怎能逃過火眼金睛的寶釵，這個時刻，寶釵認為自己出手的最佳時機來了。畢竟，薛家做為經商的外戚，要想進入正史是有很大難度的。況且自己想嫁給賈家，成為賈家的兒媳婦，那麼贏得湘雲的支持就非常重要。而且要想留下個歷史美名，除了巴結湘雲，也沒別的路可走。

有了這個想法，寶釵當然會做好充分的準備，於是她私下找到湘雲，來了一番推心置腹，做出關心狀，從情感上打動降服了湘雲，使其心甘情願地接受了贊助。而且覺得要是不接受這個贊助，好像自己就犯了一個大的錯誤，對不起寶釵似的。

寶釵給湘雲安排的這次答謝宴，可以說排場既體面又別開生面，附庸風雅、時尚新潮，很符合湘雲的身分。金秋時節，賞菊飲酒，品嚐大閘蟹，這是何等的風雅趣事？這可能是湘雲在大雜院裡最開心，最忘情的一次。不花自己一分銀子，還辦的如此有場面，湘雲一高興，就來了個一醉方休。

要說寶釵真會辦事，辦了這麼大的事，硬是一點口風都沒有外漏，不表功、不求名，給足了湘雲的面子。從此以後，湘雲就把寶釵當成了自己的知己，心理的天秤開始從黛玉的身上不經意間傾斜到了寶釵的身上，開始處處維護寶釵的形象和利益。有事沒事也不和黛玉一起住了，跑到寶釵那裡，動不動就來個促膝徹夜談心。黛玉的知心好友，就這樣被金錢輕鬆地拉攏跑了。寶釵家是有名的大財團，經營的主要買賣是政府採購，為政府提供各種辦公用品，屬於官商，在商界地位很高，名氣很大。那個時候，官商沒有不勾結的，不用掖掖藏藏，尤其是薛家這樣的官商，與官府往來更是大張旗鼓、明目張膽。但是當時社會，重吏輕商，再有錢，也不如當官有地位，很難入史官的法眼，常常被定性為奸商，說什麼無商不奸，自然很難進入正史，獲得足夠的社會地位。

寶釵和黛玉兩家的情況不同，寶釵家是官商，性質還是商人，黛玉的老爸是官，只不過是因為管理食鹽買賣，送紅包行賄賂的多，所以發了一筆大財。當然，這是個暗財，曹雪芹也不清楚多少，沒有披露，也不能披露。只記得去接黛玉的賈璉，不只一次幻想能夠再發一筆大大的外財。做為我們路人甲或路人乙，當然不能對這事進行追究，沒這個權力不說，也沒這個必要。

我提林薛兩家發財路數的不同，是想告訴大家，由於性質不同，寶釵和黛玉對待湘雲的態度自然不同。在黛玉眼裡，湘雲不過是親戚加朋友，玩玩耍耍就是，沒有什麼需要巴結奉承的必要，同是官家子弟，對彼此的地位，可能看的就沒有那麼重了。而在寶釵眼裡，那就不同了，史官本來就輕視商人，要想留得聲名，必須要投其所好，拉攏收買，拉其下水，才能令其筆桿子歪一歪，寫上幾筆好聽的。

好在湘雲有自知之明，知道自己該做什麼，該說什麼，火候把握得還算恰當。什麼時候入鏡，什麼時候出鏡，都拿捏得很準，不胡亂搶鏡頭，不無故把自己泡在大雜院裡，泡成胖頭魚。這是一個史官應該具備的素質，少攙合多旁觀，才能盡量全面客觀地修好歷史。

本來，有一次襲人也想假借寶玉名頭，讓湘雲為自己出把力，弄點什麼花邊新聞之類的，美化美化寶玉。寶釵聽說這件事後，就打著關心湘雲的名義，勸阻襲人不能這麼做，理由是湘雲自己的工作都做不完，要經常加班加到大半夜，再讓她趕稿，那有點太不體諒人了。襲人聽了當然就會知難而退。寶釵這麼做，心裡一定這麼想：「我贊助她一筆資金，都沒有要求她做什麼，你們憑什麼不花銀子，白白使喚人家啊！想自己出名，拿錢去買，史官的筆，也不是什麼人都給唱讚歌的。」

大雜院裡，湘雲的戲不算多，除了請大家吃大閘蟹，另一次出彩的地方就是大半夜和黛玉兩個人跑到河邊比賽詩歌了。這一次的比賽讓我覺得，雙方有點對賈家的貢獻互不服氣的感覺。林家對賈家的貢獻是暗暗地推了一把，關鍵時刻的雪中送炭，而史家的貢獻是文化和歷史積澱，是底蘊，具體到湘雲，是錦上添花。故而黛玉的詩多幽怨，而湘雲的詩多自得。雖然沒有分出高下，但彼此的心境，坦露無遺。

一睡成名

湘雲在大雜院裡雖然出鏡率不高，但人氣卻很旺，擁有眾多粉絲，這得益於她的酒後一睡。這次醉酒，與請眾人吃大閘蟹那次不同，這次是幾個人為寶玉、平兒，還有兩個親戚過生日，是小範圍的生日宴，酒席就擺在了芍藥園裡。酒宴好像是探春張羅的，席上大家都很開心，尤其是湘雲，竟然和寶玉吆五喝六地划拳行令，一高興就喝醉了。隨後跑到假山後，躺在一個石頭板凳上不管不顧呼呼大睡，弄的渾身上下都落滿了芍藥花瓣，很多蜜蜂都圍著她亂轉。結果招來眾人的圍觀，成為轟動一時的八卦緋聞，使湘雲當即名聲大震，一睡走紅。

湘雲這次之所以這麼放縱自我，一方面是因為氣氛好，不是正式場合，高層管理人沒有到場，小範圍私宴，狂歡一下未嘗不可；另一方面，除了新來的兩個親戚，大多是自己從小一塊玩大的朋友，無拘無束。再說，有寶玉、平兒在場，兩人都是賈家核心人物，與他們搞好關係，對將來自己的工作開展有好處。

從湘雲的身分來說，史官大小算個知識分子，但是在社交場合，就是「姿勢分子」。用形體語言表現一下自我，也是知識分子們假裝放浪形骸、風流倜儻，所慣用的小把戲。

相對於歷史，史官們不在胡編中變壞，就在胡編中變態。司馬遷之所以能寫出鉅著《史記》，就是因為他曾經受過宮刑，只好發瘋似地著書立說。大概是受了司馬遷傳奇經歷的啟發，曹雪芹也故意讓湘雲來點驚世駭俗的行為藝術。其實，湘雲是隔著門縫吹喇叭，名聲在外，她在自己家裡，地位不怎麼高，許多活都要她來做，嬸娘還不時給她小鞋穿，幾乎沒有說話的份，遠沒有在賈家大雜院裡那麼受人追捧。所以，她只要逮著機會，就要跑到大雜院裡來放鬆一番，就算是對自己人生的一種補償。

曹雪芹把家國天下大事，交給一群少男少女用遊戲的方式來推演，確實充滿了新意和樂趣。湘雲和寶玉，從小一個被窩裡長大，然後又回到自己家生活，偶爾來住上幾天，可謂對寶玉知根知底。她又與黛玉經常同床共眠，對黛玉也應該算是摸得清來龍去脈了。後來又和寶釵廝混在一塊，對影響大雜院未來走勢的幾個關鍵人物，可以說都有瓜葛。讓她這樣的人物來穿針引線，很容易就把賈家的歷史梳理得清清楚楚。曹雪芹的安排，真是獨具匠心，不佩服不行。

正是因為湘雲的史官身分，使她的個性與眾人不同，豪爽開朗，頗有男人氣概。在這場遊戲裡，常常女扮男裝，穿上男人的衣服到處走，像男人一樣高聲喧囂、猜拳飲酒、醉臥野外，有幾分文人放蕩不羈的色彩。這也暗示了很多古代文人雅士的出名經歷：屈原的一投成名、曹植的七步成名、孔融的一讓成名、卓文君的一奔成名、杜十娘的一怒成名等等。出名要趁早，不行就胡搞。常規的路數難以出頭，就不妨劍走偏鋒。要想成為一個名史官，沒點轟動的緋聞，是很難把自己弄紅。沒有名氣，誰還願意把活交給他，讓他來胡謅八扯呢？讀史讀的不僅是內容，更重要的是名氣。

透過這次轟動一時的行為藝術表演，給湘雲帶來了意想不到的收穫。一睡成名，引起了寶玉的注意，覺得這個從小光屁股一起長大的假小子，突然多了一份女孩的嬌媚和可愛，對她竟然有些愛憐之意，暗示那一對雌雄金麒麟所表達的曖昧情緣了。提起那對金麒麟，很多人都認為那是男女之間的信物，就像現在的情侶T恤、情侶手錶之類的東西。但據我推測，曹雪芹不過是透過男女的曖昧之情，間接地表達寶玉對湘雲這個史官的認可和喜歡，決定把重要的任務交給她。而給她的類似委任狀之類的東西，大概相當於現今的工作證，或者採訪證。目的不過是為了工作起來方便，能夠即時趕到事件第一現場，掌握第一手資料。

如果曹雪芹寫來寫去，都是一些男女之間的八卦緋聞，沒有一點正經事情，那《紅樓夢》不就淪為街頭小報、庸俗讀物了嗎？他既然是在推演賈家的興衰，必然少不了要安排史官親臨現場，見證賈家發展變化的全部過程。賈老太太自然是第一人選，但她是個頭兒，歷史的見證人，不可能親自操刀，必須安排個得力的祕書來採訪執筆。所以，賈老太太就召來了湘雲，由她來做這些具體的工作。史湘雲就是史想云，她想說話，就讓她來說吧。這樣看來，我們就明白了曹雪芹為什麼要讓湘雲成為孤兒，只有如此，才能合情合理地進入賈家，常來常往。

要想讓曹雪芹說點廢話，安排幾個湊數的人物，還真不是件容易的事。書中的每個人，都肩負重任，不可或缺。也難怪，要用一個大家族來推演一個國家的興亡，少了七十二路神仙，還真沒法辦到。自然，妖魔鬼怪也是一個都不能少的。

批評的後果很嚴重

湘雲是大雜院裡最著名的「批評家」，看到什麼不滿意的事情，不滿意的文章，不管是誰，都要批評過去，批量而後快。

她和黛玉的命運相似，從小失去了父母，孤苦無依，但兩人對待命運的態度卻截然不同。湘雲豁達樂觀，開朗活潑，生活充滿陽光；黛玉憂鬱寡歡，悲戚滿懷，生活烏雲密佈。這是因為性格不同造成的生活態度不同，也是性格即命運的註腳。同樣是天上掉下一個大餡餅，有人覺得是老天賜福，撿起來吃了再說；有人憂愁頓生，以為是時運不濟，連老天都來矇騙百姓，吃了餡餅拉肚子；有人認為餡餅過了賞味期，下次掉的可能就是好的；還有人認為是老天懲罰自己。樂觀的人看到積極的一面，悲觀的人滿眼都是消極的東西。

但我們也知道，個性又是環境造成的。湘雲和黛玉看似生活環境相似，其實相差十萬八千里。黛玉享受過一段父母溺愛、嬌生慣養的兒童時光，父母突然先後離去，落差太大，造成了心理的打擊自然沉重。

湘雲則不同，自打從懂事時起，就沒了父母，寄人籬下，習慣了不冷不熱的生活，抗打擊能力自然比黛玉大得多。湘雲得到的，都是別人額外付出的，不管如何，她沒有挑剔的理由。黛玉享受父母的溺愛太多了，在別人眼皮底下討生活，別人做的好和壞，都無法和自己父母相比。所以不如意的地方自然就多，心生幽怨也在所難免。

除了上述原因，還有一個重要的因素，導致兩人心理的天壤之別。這個因素牽扯到個人隱私，曹雪芹不便向外人說破，一般人也就難以察覺了。從這個因素來說，我覺得黛玉生活在賈家是寄養，湘雲是豢養，看似一字之差，本質已迥然相異。

寄養，自然是父母條件不允許，沒有能力撫養子女，給別人一筆撫養費，自己出錢，別人操心出力就是。豢養，就是出錢出力搭工夫，撫養的不是自己的孩子。為什麼說黛玉是寄養呢？我們都知道黛玉的老爸，當的是個肥差，要說沒有錢是不可能的，但國人的觀念是財不外露，何況黛玉家這些財都是他老爹貪污受賄得來的，保密都來不及了，怎麼能公開呢。鑑於這個利害關係，曹雪芹一直未透露黛玉家裡到底有多少財產，而且也沒有交待財產的去處，其實都被祕密運到了賈家。

這事，是賈璉親自跑了幾千里路，從揚州偷偷運回來的。這筆錢，給賈家帶來了新的發展機遇，再次輝煌了一回。要不然黛玉的名字怎麼叫林黛玉呢？爆個料吧，其實就是「臨時帶來的機遇」。這麼重要的一個人物，曹雪芹怎麼會讓她無事一身輕，專門跑到賈家來養尊處優，閒得沒事談情說愛、拈酸吃醋呢？其實，黛玉在賈家，是父母花費了大把的銀子專門請人供養的。所以，賈家人並不敢輕易得罪黛玉。

明白了這一點，我們再來比對一下湘黛兩個女孩的態度。黛玉的這種背景，可能是湘雲永遠也不知道的驚天祕密，別看她和黛玉很早就廝混一起，在一個大床上同做美夢。所以她對黛玉的生活態度，總是不能理解，動不動就要對黛玉批評一下，以顯示自己的直爽和正義。

做為史官的化身，自然帶了史官的習氣。知識分子大多自以為滿肚子墨水，比別人知道得多、懂得多，對什麼事情都喜歡指手畫腳，還自吹自擂為「是真名士自風流」，以所謂的骨氣和操守自居。說穿了，不過是嘩眾取寵的自我標榜罷了。

湘雲既然是賈家豢養的一個史官，她肯定不會毫無目的地胡亂批評，她的批評，大部分都落在黛玉的頭上。她為什麼與黛玉過不去呢？難道僅僅是黛玉好欺負嗎？當然不是。其實這是賈家精心安排的一場政治鬥爭的小把戲。對於賈家寧榮二府裡的人來說，按人頭數過來查過去，誰最有可能居功自傲，心生不滿而對賈家的穩定生活造成麻煩和威脅？除了黛玉，還真找不出第二個人來。賈家對黛玉既敬又怕，敬是因為她是賈家的財神，怕是害怕這個財神一惱之下，來個魚死網破，揭穿自己的老底。

這是一個非常嚴重的問題，所以賈家就指使豢養的史官湘雲，不時藉機批評一下黛玉，不能因為有功就翹尾巴之類的。而且就湘雲的身分來說，也只有她做這樣的事情合適。曹雪芹讓湘雲具有這樣性格和氣質，其實都是在為批評黛玉做渲染和鋪墊。

湘雲對黛玉批評的幾次，外人看來可能無關痛癢，沒什麼大不了的，其實不然，後果非常嚴重。導致了黛玉對自己未來更加絕望和痛苦，她知道自己在賈家的地位已經大勢已去，錢被賈家花光了，自己也就變成了一個無用之人。除了讓自己消失，沒有第二條路可走了。

躋身名人堂

看似不起眼的湘雲，對於賈家來說，用處還是非常大的。單看她在大雜院裡的地位，好像僅次於寶玉、黛玉、寶釵和探春。按說憑湘雲的身分，一個小小的史官無論如何也不可能得到如此高的地位。她能躋身名人堂，很大的功勞，應歸功與對黛玉的打壓上。

安排湘雲出現在賈家大院，很大程度上是與黛玉進行比對。兩個人就像一對伴生的矛盾體，性格截然相反，相互之間彼此打壓，相互制約牽絆。黛玉對賈家的貢獻是陰功，湘雲對賈家的作用是陽謀，一個帶來臨時機遇，一個從歷史的角度要說話。黛玉做了好事說不出，吃的是啞巴虧；湘雲得了便宜要賣乖，為賈家抬轎子吹喇叭，歌功頌德，還要裝作大度豪爽，端出一個名士的派兒。

其實，湘雲還是蠻有才的，吟詩作對，是她拿手的好戲。賈老太太是賈家忠孝的代表，力圖把自己弄成一個善的化身，是想告訴世人，賈家是孝治天下的。正所謂，忠孝傳家久，賈家能夠興旺發達，得利於賈家忠孝善良的歷史傳統底蘊深厚。但僅有忠孝善良還不夠，還需要詩書繼世長。所以，賈老太太就把自己的內孫女弄了進來，與之對稱，這下子就全活了。

湘雲就是賈家詩書的化身，是對賈老太太忠孝的對應補充。既然如此，湘雲就有責任代表賈家，與黛玉比試一下詩文才氣，告訴黛玉，在詩書方面，賈家也不會輸給她們林家。從氣勢上，想再一次壓倒黛玉，讓她還是老實點好，別以為有點才，就到處發牢騷，抨擊政府，表達不滿。鑑於這個緣故，兩人的才藝比拼，當然不能讓外人知曉，就趁著夜黑風高，找個沒人的地方，一決高下。

別人都在凸碧堂高高的山頭上，把酒臨風，品簫弄雅裝深沉，她兩人卻跑到凹晶館的小河邊吟詩作對。一凸一凹，一高一低，一山頭一河邊，可見形勢之嚴峻，鬥爭已到了白熱化的程度。果不其然，這兩位都使盡了渾身的解數，拿出看家的本事，發揮出最高的水準，雖然最後也沒分出個子丑寅卯，但效果還是非常明顯的。

表面看，是林史兩個小丫頭的聯詩鬥嘴，實際是賈林兩股勢力的直接碰撞和較量，我們別忘了湘雲被賈家豢養的史官身分，看似要文鬥不要武鬥，只是簡單的賽詩會，其實內裡已經真槍實彈地交上了火。從間接的較量，已經發展到針鋒相對的公開鬥爭了。

這次比拼，使賈林兩種勢力兩敗俱傷，黛玉從此如霜打的茄子，徹底軟弱了下來，再也不對賈家抱什麼希望和幻想了。而賈家從此以後，也開始走向了下坡路，一步一步滑向衰敗的深淵。林家帶給賈家的活力，徹底消失殆盡，賈家沒了外援，日子也就不好過了。

湘雲以一個史官的身分，直接做為賈家打壓鉗制林家勢力的代表，與黛玉進行過招，也使她因為特殊的作用而躋身賈府名人堂。

由於高鶚續寫的《紅樓夢》後四十回，實在蹩腳，所以他為湘雲安排的潦草結局，就更沒什麼道理了。按照曹雪芹前八十回的邏輯，湘雲應該有個什麼樣的結局呢？我想，既然湘雲是以史官的身分在賈家和大雜院裡出沒的，那麼首先她應該是個長壽之人，並且後來與賈家一直來往不斷，時常出沒，扯絡不清。只有如此，她才能見證賈家的興衰，為賈家樹碑立傳。這一點，也正好和湘雲就是脂硯齋的八卦傳聞相吻合。

至於湘雲以後是以何種形式與賈家聯繫在一起的，實在不好確定。有人說後來湘雲嫁給了寶玉；有人說守寡一輩子，像薛姨媽一樣常年住在賈家；還有人說當上了官太太，曾經救過賈家，幫助賈家重新興旺。

這些說法，既有道理又沒依據，均不足為憑。這裡的關鍵是，我們不知道曹雪芹會做出怎樣的安排，只有他最清楚，湘雲應該有一個什麼樣的結局。這取決於他對整個賈家，也就是家天下的命運所抱的態度。

生活在大雜院裡的外戚當中，林史薛三股勢力，各成一體，既互相勾結，又互相排斥，以黛玉與賈家的關係最為親近，故而鬥爭也最為激烈和殘酷。而湘雲與賈家的關係最為疏遠，所以湘雲時來時走，並且充當了賈家豢養的打手，幫助賈家擺平了黛玉，消除了林家帶給賈家的隱患。曹雪芹的這一用意，雖然用男女私情表現出來，不露山不顯水，但實在是殘酷的要命。讓我對湘雲產生的好感，一下子喪失了大半，對史官們妄撰歷史，粉飾皇權的小人嘴臉，又生了幾分鄙夷。

史湘雲，史想云，歷史想說的話，我想也許是曹雪芹想說的話，但曹雪芹欲言又止，並沒有給我們一個家國天下的真面目。

第八章

大觀園之稻香村

——就算你隱身不見，我也能查出你的IP

少跟我玩失蹤

賈府大觀園這個大雜院，簡直就是個袖珍版的小皇宮，裡面什麼樣的女人都有。就說李紈吧，她表面的身分是賈政大兒子賈珠的媳婦，賈珠死的早，她帶著兒子賈蘭住在大雜院裡守寡。讀者都知道，李紈還有一個名字叫李宮裁，有人說，這有什麼奇怪，不就是一個名字嘛，有什麼了不起。

其實很多人可能還不知道宮裁的意思，宮裁，就是指那些在皇宮裡當服務員的女孩，由於年齡大了，又沒有混上當個小妾，弄個小官當當，不適合在皇宮裡繼續工作了，就被裁員，打發回家，找個老公嫁出去完事。皇宮裡的服務員，都是吃青春飯的，年齡大了，只要得不到晉升提拔，一般都會被裁員，回家待業，重新尋找職業上崗。李紈就屬於這種情況，下崗再就業，所以也叫她李宮裁。

宮裁就宮裁吧，也不是什麼丟人的事情，問題是，曹雪芹為什麼叫她姓李，而不是張宮裁、趙宮裁呢？這裡面的學問可就大了。曹雪芹安排人物，沒有跟著吃閒飯不做事的。

民間傳聞說，清朝的乾隆皇帝，不是生在皇宮裡，是他老爹到江南辦事的時候，勾搭上一個民間女子而生下了他。皇帝在外包養小妾，不好意思弄到皇宮裡去，再說了，這樣的隱私，丟人也丟不起，所以也不敢往皇宮裡弄。怎麼辦呢？乾隆他老爹就想了一個高招，把他娘寄養在一個下屬官員的家裡，在官員的家裡生下了乾隆，後來悄悄領進宮，才有了後來的乾隆皇帝。我懷疑曹雪芹是不是在影射乾隆皇帝的老爹，但又怕砍頭，不敢直接爆料，就來了這麼一手，含沙射影。我這樣說，也不是沒有一點道理，我們看一看李紈在賈家的生活狀態，就明白了八九不離十了。

李宮裁就不用說了，與皇宮有著直接的關係。而她一出場上鏡，就是個孤家寡人，老公早早死掉了，生不見人，死不見屍。我一直懷疑，真有沒有賈珠這個人，是不是賈家和皇帝串通一氣弄出的煙幕彈，故意迷惑讀者，遮蓋李紈的真實身分。這一招，其實一點也不難做到。

再來看李紈在賈府大雜院裡的生活姿態，可謂非常的低調，老是想把自己藏起來，隱身再隱身，生怕人家知道還有她這麼個人似的。每次出於無奈，參加公眾場合的聚會，都好像躲在牆角裡，能不上鏡就不上鏡。按照她的身分和地位，排名起碼應該在王熙鳳的前面。對榮府內務的管理權，她應該和王熙鳳有同樣的資格，而她好像躲得遠遠的，對這一權力絲毫不感興趣，而且賈家人也無意給她這個權力，就當她不存在，沒有這個資格一樣。

當然賈家給的理由是，她有德無才，沒有管理能力，其實我看，這就是扯淡，沒有當主管的能力，當個副手總還合格吧。這說明什麼問題呢？李紈的低調，顯然不僅僅因為個性和能力，可能另有原因，她的隱身，完全是因為潛伏，怕暴露自己的真實來歷。

探春掌政大雜院那次，是李紈掛的帥，其實她只是掛名，工作完全是探春和寶釵做的。之所以讓她擔個虛名，完全是出於無奈，因為有資格管理大雜院的人就是她和王熙鳳，王熙鳳病倒，不能把沒資歷、沒出嫁的探春越級提拔，那樣名不正言不順，需要一個有資格的人擔綱組閣才服眾。所以，李紈就理所當然地被掛了名。就算這麼大的事，她的行事也非常低調，入鏡的機會一直不多。

不單李紈在賈府裡非常低調，就連她的兒子賈蘭，好像也無足輕重。本來，賈蘭做為賈政和王夫人唯一的孫子，沒了父親，又聰明伶俐，理應得到爺爺奶奶的嬌寵，雖說比不上寶玉，起碼的關心呵護還是有的。

但我們看一看賈蘭在賈府的生活，除了緊跟他老娘外，好像跟賈政、王夫人沒什麼關係似的，不鹹不淡，不冷不熱，如同路人丁和鄰居丙。這一反常的現象也說明，賈蘭並非賈政、王夫人可以親近的人，也就是應個景，走走過場，免得外人起疑罷了。母榮子貴，母隱子藏，賈蘭的上鏡率，甚至遠遠沒有庶出的賈環多。種種跡象表明，李紈母子，應該就是隱身在賈家的外人，其來路，應該與皇宮有著千絲萬縷的聯繫。

那麼，曹雪芹安排李紈潛伏在賈家有何用意呢？依此來看，其實就是為賈家的未來埋下了一個伏筆。雖然曹雪芹油枯燈滅，沒來得及寫完《紅樓夢》這個精華文章，對李紈和賈家最終的命運沒有做出詳細的安排，但按照他給李紈取的這個名字來看，李紈應該能在最後時刻拯救賈家的人，是賈家未來的希望所在。她的名字李紈，兒子的名字賈蘭，應該是力挽狂瀾的意思，也就是在賈家大廈將傾時，出手相救。這層深意，可惜後續者沒人能領會，以為李紈母子只是賈家可有可無的點綴，致使母子兩人埋沒紅塵，真的徹底隱身了。

扮老農是對老農的侮辱

假扮老農是李紈玩出的隱身術，她毫不猶豫住進大雜院裡的稻香村，又自稱稻香老農，隱身的意圖非常明顯。有朋友會問，李紈雖然是個寡婦，但在賈家地位不低，還有個兒子，是賈家第四代的長子，為何熱鬧的富貴日子不過，忙著隱身呢？難道是精神有病，心理變態，怕見陽光不成？這個問題問得好，問到了要害處。顯然，事實並非這樣，李紈不僅心理健康，而且非常陽光，只不過內心隱藏了一個祕密。這個祕密迫使她不能拋頭露面，難言之隱，只能一隱了之。

那有人又問了，就算李紈要隱身，退隱山林或遁入空門就是，為何要冒充老農，隱身農家呢？這就要從國人傳統文化心理說起了。古代中國是農耕文明最發達的國家，農業一直是政權建立的根本，是一切文化的基石。但是，從事農業生產的農民，地位卻又是最低，只要有一點辦法，沒有幾個人願意當農民。為了擺脫農民的身分，農民兄弟就想方設法、挖空心思地多買土地，土地多了，糧食有了剩餘，就有精力讓自己的孩子去讀書。農家子弟一旦學業有成，中了舉人和狀元，就有了鯉魚跳龍門的說法。意思是從此以後再也不用當農民了，躋身貴族階層，成為貴族人士。

但同時，皇權統治者為了穩定國家根基，又極力誇獎種地多麼高尚，多麼偉大，做一個農民多麼好，多麼悠閒自得。糊弄百姓在家老實種地，為國家多打糧食，穩定國家的統治。這樣的偽善文化，就使很多文人雅士，配合國家宣傳，假裝富貴不忘根本，說自己很喜歡當農民，迫不得已才在城裡過富貴生活，用以表示自己的道德高尚。

李紈做為一個富貴人家的寡婦，自然也要追趕時尚，附庸風雅，表現一下自己的高姿態。她把自己喬裝打扮成老農，既表達了自己的愛農高尚之心，又巧妙地隱瞞了自己的身分，一舉兩得，何樂而不為。

李紈當然是一個四體不勤、五穀不分的角色，要真的讓她種上幾畝水稻，別說吃大米了，就是想像豬一樣啃上幾口稻糠，恐怕也得仰仗天上掉餡餅。李紈自隱農門，寓意何在呢？第一，農家小院很少能引起人們的注意，但把其安放到賈府大觀園這個極盡奢華，彰顯尊貴的大雜院裡，就有點鶴立雞群，引人注目了。這就表明了李紈所處的特殊地位，欲貧賤卻更顯高貴。第二，做出親近農事的姿態，更能使自己佔據道德高位，保持住自己的道德優勢。再次彰顯了她的身分和地位，絕不是簡單的賈家守寡的兒媳婦。因為一個普通的寡婦，用不著保持什麼憐農憫農的所謂高尚姿態，過好自己的日子就行了。綜觀上千年的農耕文明史，拿出憐農憫農高姿態的，都是什麼人呢？除了皇帝及其子孫，旁人還真不多。皇帝做出這樣的姿態，假模假樣種種田，搞搞行為藝術，還好理解，畢竟農業是他家天下的根本，皇帝的寶座就是放在農田上的。而做為一個守寡的小媳婦，這樣做就有一點匪夷所思了，你不覺得曹雪芹這樣安排，無意中露出了李紈的馬腳嗎？她其實是在扮演一個皇家代表的角色，代表皇家在賈家這個貴族的深宅大院裡，做著安撫天下草根百姓的工作。這個工作，好像她比賈老太太還有資格做。

李紈在大雜院裡的主要工作就是陪寶玉這個小叔和黛玉、寶釵等一群小姑玩耍作樂。以大嫂的身分住進大雜院，這在賈府應該算個特例，當然，有朋友會說，那是因為李紈是個寡婦，住進也無妨，但我看未必，大雜院裡住的都是一些未經男女之事，未婚未嫁的少男少女，安插進這麼一個過來人，與禮法不符。難道賈府的管理階層們就不怕李紈把這些涉世未深的小丫頭片子們帶壞了嗎？

要我看，李紈更像是大雜院裡的主子，如果把大雜院暗喻為袖珍版小皇宮，李紈大嫂就是那皇太后，後宮當家作主的第一人。同時，把李紈安排進大雜院，混跡一群閨閣女孩當中，也更利於隱蔽自己。因為住在大雜院這個女孩宿舍，外面應酬自然就少，接觸外面的人和事就少，使外人很難想到她是一個已婚媽媽，還以為是個黃花大閨女，這樣就好蒙混過關了。

李紈居住的稻香村，完全是一派農家景象，茅草房、籬笆牆、芸豆架、水稻畦，把自己弄得跟真的是一個農家大嫂似的。她刻意隱瞞自己的身分，把自己視同最底層的草根百姓，究竟意欲何為？難道只是應大雜院各種景色應有盡有的景觀？遊園的時候讓眾位遊客也來一次農家樂一日遊？顯然不是，這樣就太小看李紈了。

李紈佔據農家小院意味著她佔據著天下，天下是她家的，土地和草根百姓也牢牢地掌握在她的手中。因為在一個以農耕文明為主的國家裡，誰佔有了土地，誰就擁有了天下，這一層意思，恐怕也是曹雪芹安排李紈住進稻香村的用意所在。別以為李紈心性淡泊，無慾無求，其實那只不過是個幌子罷了，皇權在握，等待時機，才是李紈隱居賈家的真實目的。誰小看了李紈，誰就是被曹雪芹的障眼法給欺騙了，落入了圈套。

守寡定律

寡婦門前是非多，這是女人守寡的定律。可是李紈守寡多年，卻一點是非也沒有，這就讓我納悶了。連焦大和柳湘蓮都知道，賈府除了門口的一對石獅子是乾淨的，一個乾淨的人沒有，偷情的偷情，勾引小叔的勾引小叔，怎麼到了李紈這裡，一個寡婦竟然能守身如玉，連個打主意的男人都沒有呢？難道真的是李紈道德高尚、人品奇佳，令男人們高山仰止，望而卻步嗎？

李紈恪守婦道，做得如此之好，放在一般小家小院也就算了，可是放到賈家這個大染缸裡，不可不說是一個奇觀。難道真像人們八卦的那樣，她心如死灰，無情無慾了嗎？這更說不通，人有七情六慾，這是本性，李紈也不是從石頭縫裡蹦出來的。她主辦詩社，慫恿寶玉去妙玉那裡要梅花，分明就是一個春風蕩漾的妙女子，怎麼能對男女之情無動於衷呢？肯定有什麼隱情沒有被曝光，曹雪芹太狡猾了，什麼事情也不挑明，讓我們腦筋急轉彎一樣去猜。

李紈這個人，行為舉止也算是得體大方，偏偏賈家的大事小情，都沒她的份，好像她是個局外人。自己既不熱衷，外人也不當回事。看來她對賈家俗事雜務，根本就沒放在心上。

《紅樓夢》裡，寫到的寡居女人不多，除了李紈，還有就是寶釵的親娘薛姨媽。薛姨媽當然無法和李紈相提並論，一來年齡懸殊大，二來家庭背景不同。以少寡身分棲居大雜院裡，李紈內心的淒苦外人很難體會得到。她處處低調，甘當配角，沒有惹出一點八卦緋聞，好像沒有男人還知道她是一個年輕貌美的少婦一樣，對她都目不斜視，沒有丁點的非分之想，這也確實難為了賈家那一群性慾亢奮的老少爺們。

不知道讀者發現沒有，最為奇特的是，就連整天混在脂粉堆裡，以吃女人嘴上胭脂為癖好的意淫狂寶玉，似乎也從來沒有對他這位親嫂子產生親暱的想法。他常常會滾到另一個嫂子王熙鳳的懷裡撒嬌賣乖，卻從不靠近他親嫂子半步，總是敬而遠之。難道他這個親嫂子李紈，長的比恐龍還醜？難道她這個親嫂子，還不如叔伯嫂子王熙鳳跟寶玉更親嗎？知書達禮的李紈肯定知道這些道理。不管怎麼說，李紈的表現，於情於理都說不過去。

另一方面，李紈還是一個會過日子的人，外人看來，她就是一個吝嗇鬼，花錢謹慎小心，從不亂花一分錢。按照草根百姓的說法，她是寡婦失業的，掙幾個錢不容易，可能是攢錢等著為她兒子娶媳婦。豈不知，如果李紈要想有錢太容易了，只需要像她的妯娌王熙鳳那樣，協助自己的婆婆管理家務，那大把大把的銀子就會流進自己的腰包。

她做為正牌長媳，比王熙鳳更有資格管理家務，雖然能力上可能比不過王熙鳳，但她有文憑、會識字，看個帳本什麼的要比王熙鳳在行得多，理應得到王夫人的重用。但王夫人顯然就沒生過這個心，可見李紈在婆婆眼裡，要嘛地位特殊，要嘛什麼也不是。如果什麼也不是，顯然也不對，起碼賈家選兒媳婦，還不至於笨到把一個什麼也不是的女人娶到家裡當長兒媳。況且李紈掛名管理大雜院那次，也證明李紈並非是個一無是處的窩囊廢。

《紅樓夢》裡，長輩安排李紈任務只有一次。那就是賈母讓李紈照管迎春、惜春、探春三姊妹，按理說，這樣的事情，做為婆婆，王夫人直接安排就是，怎麼需要賈老太太親自出面呢？也有人提到李紈協理探春那事情，其實那時並非王夫人命令李紈非做不可，內中情由，不得而知，但總不能說王夫人去請李紈協理，那樣就太沒面子。所以曹雪芹打了個馬虎眼，一筆帶過，對李紈用了個令字，對探春用了個命字。具體的安排過程，曹雪芹隱而不露，瞞天過海了，我們也不好胡亂猜測。

發生在李紈身上的種種反常現象，只有一種說法站得住腳，那就是李紈並非等閒之輩，大有來頭，地位特殊，以致於賈家人都對她恭敬有加，敬而遠之，沒人敢去招惹。雖然單身寡居，諒賈家闔府的男人，沒有一個敢湊前生出半點是非。

能有這麼大能量，這麼高的地位，讓賈府都畢恭畢敬的人，該會是怎麼樣的人呢？除了皇室，恐怕沒有什麼家族有那麼大的威力了。這樣看來，關於李紈的身分，我覺得不像是個寡婦，更像是皇帝的外室，只不過寄居在賈家，由賈家供養罷了。要不然，曹雪芹就真把大雜院當成皇宮了，李紈是這個皇宮裡的太后，受人如此尊崇就不會讓人感到意外了。

那麼，曹雪芹為什麼要給李紈一個寡婦的身分呢？這個就非常容易理解了，如果以一個單身女子帶個孩子的身分寄居賈家，那也說不過去。寡婦，不過是李紈遮人耳目，掩護自己的一個身分而已。潛伏，才是她的真正目的。

挖掘一個熱點

根據《金陵十二釵》正冊的爆料，很多人認為，李紈命運淒涼，最後白白地成了人家的笑料。我覺得，這是對判詞沒有好好把握的原因，判詞很簡單，說的也很明白，怎麼就那麼難理解呢？就讓我們先來看一看那四句判詞都說了什麼。

「桃李春風結子完，到頭誰似一盆蘭？如冰水好空相妒，枉與他人作笑談。」這幾句話說的再明白不過了：李紈春風一度就生了個兒子，命運從此就開始完美了，因為到最後沒有人比得上她的兒子賈蘭。那些比冰還好的水，只剩下了嫉妒，白白地成為別人的笑話。

讀者誤解就在第一句的「完」和最後一句，第一句的完，很多人都當成了完蛋的完，這是個天大的誤會。最後一句，根據第一句的誤會，認為是李紈成了別人的笑料，其實大錯特錯，成為笑料的不是李紈母子，而是「如冰水好」們，他們雖然水好，但那有什麼用？到頭來還不是眼巴巴地看著李紈母子的成功，而淪為人們的笑料？這個判詞，隱藏了一個驚天的祕密，我慢慢來給大家爆料出來。

這個判詞說了一件什麼事呢？其實說的是清朝康雍乾三朝太子廢立之事。賈府既然是家國天下，大觀園自然是袖珍版皇宮。賈珠就是家主，當家作主之人，明顯的就是暗指皇帝，可能是考慮為尊者諱，曹雪芹故意隱去了他的生活，假說他已死去。賈政，家正，家政，家裡正在掌握政權的人，肯定是老大，也就是正在當權的皇帝。賈蘭，家爛，輝煌燦爛，光宗耀祖之人。賈寶玉，家裡保留的一個機遇。說穿了，這四個人分別暗指了三個皇帝一個廢太子。賈政就是康熙、賈珠就是雍正、賈寶玉就是廢太子胤礽、賈蘭就是乾隆。賈寶玉的歷史，其實就是廢太子胤礽的生活史。只不過曹雪芹故意顛三倒四，打馬虎眼，迷惑我們的注目，增加自身的安全係數而已。

根據這個爆料，關於李紈大嫂的判詞就不難理解了。「桃李春風結子完」，意思是說，李紈和雍正帝春風一度，就生了個孩子，這個孩子給他們帶來了完美的命運。這也應了民間八卦，康熙皇帝因為看好乾隆，才把帝位傳給雍正。「到頭誰似一盆蘭？」明顯說，最後勝出的是賈蘭，也就是乾隆。最後兩句：「如冰水好空相妒，枉與他人作笑談。」「如冰水好」就是指寶玉，即廢太子胤礽，比冰還好的東西，不是玉是什麼呢？意思你胤礽做了那麼久的太子，最後卻被廢了，不是白白給人留下笑話了嗎？這也符合寶玉少年風光，結局慘澹，而李紈母子一直低調，甚至賈珠直接隱身的故事情節描述。

那麼曹雪芹為什麼讓賈珠隱身呢？我想原因大概他寫寶玉生活的時代，正是康熙當政，胤礽貴為太子的階段，那時候雍正還默默無聞，既然是寫的是太子生活，那麼，不做為主要人物的雍正，隱去比較好。另外也可能是他寫作《紅樓夢》的過程，正是雍正掌權的時候，或者為尊者諱，或者討厭雍正，可憐同情廢太子胤礽，所以故意說賈珠已死，也有點暗暗發洩不滿的意思。曹雪芹寫《紅樓夢》的動機，怎麼看怎麼像爆料清宮祕史，暴露廢太子胤礽的隱私。

透過李紈的判詞，我們挖掘出這個熱點，再回頭看李紈和兒子賈蘭在賈家的生活，有些問題就迎刃而解了。

最大的問題就是榮府闔家慶中秋，賈蘭為什麼沒有主動到場，而需要賈政發話，派人去請。很多人抓住賈蘭這個小辮子不放，認為這是曹雪芹的一大漏洞，其實不然，這不過是作者故意賣了個破綻，轉移讀者視線的小把戲。表面看，賈蘭從小就刻苦讀聖賢書，理應清楚為人之道，中秋佳節，闔家團圓這樣的大型活動，他應該主動到場才是，否則就是不孝。這罪名非常重，我想賈蘭不可能冒天下大不諱，僅僅是因為賈政沒有發話讓他去他就敢不去。

真實的情況應該是，這次賈政組織的歡度中秋聚會，可能只限於兒子輩，這在帝王之家很正常。賈政看好賈蘭，所以破例讓人叫來賈蘭，以示對賈蘭的喜歡和青睞。如果不是如此的話，賈蘭這樣的不孝行為，本該惹賈政生氣，責罰他才對，怎麼能開心地讓人去請他來呢？

說了這麼多，讀者應該明白了，李紈一家，其實是做為寶玉的競爭對手存在的，是潛伏在賈家大院裡未來的主人。這也就容易明白王夫人為何對李紈和賈蘭不冷不熱，視若無睹了。

當然，曹雪芹寫的《紅樓夢》，畢竟是一本虛構的小說，不是歷史檔案，不可能完全按照清宮祕史去寫，那樣就沒什麼味道了。所以關於李紈的故事，也就是捕風捉影地依據清宮裡的事情進行演繹。既不能死讀書，也不能讀死書，靈活機動，讀出自己想知道的東西，就足夠了。

賈政不是假正經

關於李紈的評論，潛臺詞不過是為了說，她可能是隱身潛伏在寶玉身旁的未來皇后。既然是皇后，自然就扯出了帝王之家，那麼在寶玉做為太子的時代，誰是賈家的皇帝呢？不用說，從名字上我們就能猜到，肯定是賈政了。賈政，家裡政權在握者。李紈和她兒子賈蘭未來的命運，就掌握在他的手裡，且看他的一言一行，對李紈會有什麼影響。

曹雪芹寫的賈家，就是家天下，既然賈政是一家之主，當然就是皇帝了。如果《紅樓夢》影射的是清宮祕史，那我們不妨捕點風捉個影，對號入座一下。賈老太太代表老一輩，自然影射的是孝莊皇后，她也有這個資格，雖然在和賈政的關係上錯了輩，正好可以說明小說不能太寫實，為此又能省去順治帝這個麻煩。

賈政是康熙，王夫人就是索尼的孫女，王子騰自然就是索額圖了。那麼賈環就對應大阿哥胤祀，趙姨娘就是明珠的妹妹，賈珠就是雍正，按照這條線索，我們就完全可以推斷出，李紈想必就是傳說中的李金桂了。因為民間野史，一直八卦雍正曾和宮女李金桂發生過一夜情，生下乾隆皇帝之說，這也與李宮裁這個名字相符。賈家這麼大一個人家，關係又如此複雜，還弄個貌似皇宮的大觀園，如果說曹雪芹無意影射清宮祕史，誰還會相信呢？

把李金桂演繹乾隆的母親，再把李金桂演繹成李紈，接著移花接木，李紈搖身一變，就成了太后，這就應該是曹雪芹眼裡李紈的命運。看得出，他並不欣賞李紈大嫂一家，把她們一家三口，寫得死的死，冰冷麻木沒人味的沒人味，邊緣化的邊緣化，一直嘲笑李紈有德無才。好像李紈一家三口成了釘在賈家大院裡的釘子，拔不去，弄不掉，看著礙眼，想著難受，既嫉妒又痛恨。

看看曹雪芹對李紈的形象安排，冰冷無情、心如死灰、麻木不仁、有德無才、無所事事、消極自私、吝嗇鬼、小肚雞腸易嫉妒、附庸風雅，沒有一點優秀的品德。有個兒子還是個倔種，中秋晚會不請都不參加，不忠不孝。一路看下來，曹雪芹對李紈一家的憤恨、不滿、污蔑躍然紙上。他為什麼對李紈一家這麼不滿意呢？他不外乎是發洩對雍正帝頂替廢太子當皇帝這事極大的不滿，嘲笑雍正帝不配當皇帝。

虛虛實實，真真假假，這就是《紅樓夢》吸引注目，賺足眼淚的地方。明明是家天下，家語春言，說的是一個家庭春天的故事，曹雪芹非要說是假語村言，意思沒一句真話，都是胡言亂語。一塊石頭引發的驚天大案，在曹雪芹眼裡就演繹成了淒婉纏綿的愛情故事。

《紅樓夢》主打故事就是寶玉和黛玉的愛情，期間摻雜進大量桃色八卦緋聞，第三者插足如寶釵，傍大款當小妾如襲人，勾搭不成反傷性命的金釧，製造緋聞被開除如晴雯，個個精彩，活色生香，唯獨李紈站在一旁當配角、做看客，成了無情無慾，內心枯槁的活死人。對比如此強烈，雖然李紈百般隱身，還是暴露在強光之下，既醜陋，又尷尬，她沒有人性的一面，也被誇張到了極點。

清宮祕史裡面，好像康熙皇帝並不知道李金桂這個人就是傳說中乾隆的母親，所以他也不會在意一個宮女的事情。對應到賈政身上，好像他對李紈也不是多麼關心，彷彿就是一個應景的兒媳婦。倒是對賈蘭還算在意，這一點不奇怪，如果他真是影射康熙，做為皇帝很少關注孫子，就一點不奇怪了。因為孫子們各自都住在自己親爹的王宮裡，並不是和皇帝爺爺一起住在後宮。賈政能偶爾召見一下賈蘭，恰恰說明對這個皇孫特別喜愛，屬於格外開恩了。

有人說，賈政就是假正經，別看他表面斯斯文文，有模有樣，一本正經，其實滿肚子都是男盜女娼，一點也不正經。之所以有這樣的附會，不過是因為焦大的那句誇獎大門口石獅子的那些話。而在整本《紅樓夢》裡，並沒有牽扯到賈政有男女緋聞，桃色事件，即便說到他喜歡小妾趙姨娘，也只是暗示了一下，並未多說，而且這也並非是什麼不合理的事情。整個賈府，好像對賈政印象和評價都不錯，沒有什麼非議。即便他用板子狠狠地打寶玉的屁股，大家對他的意見也是心疼寶玉，認為他不應該對寶玉要求那麼嚴，下手那麼狠。李紈對待這個公公，看來也是蠻尊重的，書裡面描寫不多，這可能也是礙於公媳關係，確實沒什麼可多說的。

賈家的三個少奶奶，各有各的特點，尤氏和王熙鳳都當家作主，各管一家的生活。李紈夾在當中，袖著兩手，逍遙自在，看著兩個人風光無限，絲毫不為所動。老實本分，一心守寡，把心思都用在了撫養兒子的身上，晚年盡享榮華富貴，「氣昂昂，頭戴簪纓，光燦燦，胸懸金印，威赫赫，爵祿高登。」何等風光，完全一副皇太后的派頭。雖然曹雪芹又說，「昏慘慘，黃泉路近！問古來將相可還存？也只是虛名兒後人欽敬。」意思是當了皇帝又怎樣，到頭來不還是個死，一了百了嗎？雖然說的是那麼回事，但曹雪芹吃不到葡萄就說葡萄酸的心理，也大白天下了。

第九章

大觀園之紫菱洲

——當小妾我容易嗎？

蟠爺也是道上的人

賈史王薛四大家族，屬薛家地位低。本來在國家發展中，歷史傳承、帝王之道就高於學問，所以薛家地位最低也就有情可原了。我們看薛家兄妹的名字，就知道一二了。薛蟠，學叛，就是說薛蟠不愛上學，做了學習的叛徒，只好當了生意人；寶釵，學識過人，代表著文章才學。所以寶釵的名字其實就是保才，保留人才的意思。曹雪芹這樣寫，有點家門不幸，女不如男的感慨味道。

很多人對誇獎四大家族的「護官符」津津樂道，但並沒有幾個人真正知道裡面隱含的意義。「賈不假，白玉為堂金作馬；阿房宮，三百里，住不下金陵一個史；東海缺少白玉床，龍王來請金陵王；豐年好大雪，珍珠如土金如鐵。」賈是家，威嚴富有；史是皇權的歷史，從秦始皇到如今歷史悠久，源遠流長；王就是王道，王道如金，牢不可破；薛是學問，就是說學問發達，人才氾濫，不值錢了。為什麼記住了賈史王薛這四大家族就是有了護官符了呢？其實說是的為官之道，要想當個好官，就要以國家為重，順應歷史，尊崇王道，有點學問。這四個方面，哪方面有了毛病，這官恐怕就當不下去了。從另一角度看，整個順口溜看似歌頌一種國家繁榮昌盛的景象，說的應該是康乾盛世，細細讀讀，卻有點頹廢消極的感覺，好像感慨人才生不逢時，不受重用的意思。

曹雪芹之所以寫薛蟠這個離經叛道的人，好像是知識分子的一種自嘲，自嘆時運不濟，學問不受重用，不值錢，人才就像糞土一樣低賤。

薛蟠沒什麼本事，大字不識幾個，算不清帳，卻能發家致富，作威作福，橫行霸道。而那些空有一身學問的才子們，卻窮困潦倒，失魂落魄，可見世道多麼不公。

薛家雖然經商做買賣，卻是官商，按照薛老太爺的意思，薛蟠本來應該做學問，考舉人，正經八百地走仕途之路，將來混個一官半職，也為薛家爭口氣。可惜，薛蟠可能骨子裡就討厭酸文假醋的文人墨客，討厭令人昏昏欲睡的道德文章，打死也不肯入學，哭鬧著要跟著他老爹學習做買賣。後來他老爹一看沒辦法，只好認命，讓他的妹妹寶釵讀書識字，做做詩書傳家的夢。

薛蟠做了學問的叛逆，沒什麼事可做，就整天在社會上瞎胡混，吃喝玩樂，成了一個標準的小混混。後來他的老爹死了。薛蟠就更無人管教了，大把大把地甩鈔票，喝酒聚會，結交了三教九流一大群酒肉朋友，很快在道上混出了名堂，儼然一個小霸王。

一天，他領著幾個馬仔，在大街上閒逛，遇到一個拐賣兒童的人販子，說是有個女孩長得好看，問他要不要。他看了一眼女孩，當即就相中了，掏錢就買了下來。誰曾想，這個人販子，把女孩賣了兩家，兩家都不肯退錢，都要人，因此就爭吵了起來。薛蟠哪受過這個窩囊氣，好歹也算道上混的人，不拿出點厲害讓他們瞧瞧，那還叫什麼老大呢？於是，他就命令手下馬仔，將和他爭搶女孩的一個姓馮的小青年打了一頓，結果下手太重，要了小青年的命。打死了人，薛蟠也沒有當回事，帶著買來的女孩，到京城去找親戚了。

這個被兩個青年爭搶購買、引發一場血案的女孩，就是後來的香菱。香菱這個名字還是寶釵給取的，貌似很有學問，為此還受到了大姐大夏桂花的一番奚落嘲笑，強迫其改為秋菱，這是後來的話，暫且不提。香菱跟薛蟠來到了京城，跟薛家住在一起，可是娶老婆的事要由父母做主，薛蟠說了不算，香菱只好給薛蟠當小妾。

當然，曹雪芹安排香菱入鏡出場表演，也絕不單單為薛蟠當個小妾這麼簡單，肩上還有更重的擔子要挑。薛家既然代表了學界，而薛蟠又是個學界叛逆，那麼香菱就得言歸正傳，與學界要搭上邊。

我們先說一說香菱的來歷：她原名叫英蓮，家住在葫蘆廟邊上，老爸叫甄士隱，按曹雪芹的解釋是把真事隱去。但我覺得，曹雪芹還有另一個意思，那就是真的名士都隱居了，出來混的，大多都是假風流。就是這個真的隱士救濟了賈雨村，使他能中舉做官。賈雨村本來聽說甄士隱的女兒被拐騙了，於是接到薛蟠的案子就想來一番真情回報，後來手下背誦了一遍「護官符」，覺得不能得罪了薛大爺，保官要緊，就胡亂擺平了此事。不過是讓薛家掏了點銀子，消財免災，一場人命官司就這樣被腐敗掉了。小英蓮也被改名成為香菱，再也沒有了見到她爹娘的機會。

胡亂斷了香菱這個案子的法官賈雨村，就是黛玉的老師，黛玉第一次來外婆家，是他親自護送的，並由黛玉老爹推薦給賈政，賈政托關係走後門才讓他上了官。賈雨村才是假愚蠢真聰明，他可不會得罪薛蟠，正是他徇私舞弊這麼胡亂判案，才引出了香菱後來的命運。真名士都隱身了，假愚蠢出來當了官，判決的竟然是真名士女兒的案子。其結果，既然是進士出身，自然不能得罪了學界，所以連學界的叛逆薛蟠大爺也一併饒恕了。這恐怕是學界護短的一個典型案例。

錢財如糞土，專養花骨朵

薛蟠學問沒有，老婆倒娶了好幾個，先娶了小妾香菱，後來又娶了正牌老婆夏桂花，夏桂花帶著拐來的另一個小妾寶蟾，三美共處一室，最後竟然對決得熱火朝天。這一點也不奇怪，薛家既然代表了學界，那就是個對決文章的地方，小考弄個秀才，鄉試中舉，最後蟾宮折桂，金榜題名。

連順序都沒有打亂。也難怪夏桂花要給香菱改名為秋菱，鄉試都是在秋高氣爽的八月舉行。鄉試對決勝出的，叫折桂，發的榜叫桂榜。什麼不好，偏偏要折桂，你說夏桂花她能不煩嗎，所以啊，這個夏桂花，就往死裡整香菱。你看夏桂花，多麼怕被折斷。折了桂，下一步就到了殿試，殿試對決獲勝的，就金榜題名了，怪不得寶蟾後來居上，一點也不懼怕夏桂花了。而薛蟠這個肚子裡幾滴墨水也不存的文盲，也就能用幾個臭錢，來擺佈這些文化場合的事情。所以，就讓桂花金蟾們給收拾得服服貼貼、老老實實，只好拿香菱出出氣。其實，曹雪芹寫薛蟠強買香菱這個事，實際是在爆料，有些人為了鄉試中舉，花錢買通鄉試主考官，也就是說，像薛蟠這樣肚裡一滴墨水都沒有的人，只要兜裡有錢，又肯大把大把地花錢，就可以買個秀才，買到參加鄉試的機會。

之所以由賈雨村把香菱判給薛蟠，暗示我們，薛蟠是走了賈雨村的後門，才買到這個鄉試的機會的。因此寶釵才把英蓮改名香菱的，本來高考應該廉潔，這樣一花錢買來，自然就是對鄉試的凌辱，改名香菱就恰如其份了。有了香菱，薛蟠當然要進京了，不是為他妹妹待選，因為寶釵進京後，再也沒有人提過什麼待選之事，而是他自己進京趕考，參加鄉試，不帶上香菱，他當然就沒必要去了。

果不然，後來薛蝌就來了，喻意很明白，學界要開科舉考試了，人家薛蟠緊接著娶了夏桂花，什麼意思？就是薛蟠折桂，是花錢買來的，薛蟠折了桂，就有資格參加殿試了，所以娶回夏桂花，就順便把寶蟾捎帶來了。過了沒多久，薛蟠又透過人情，收買了寶蟾，到了這一步，讀者應該恍然大悟了吧。薛蟠蟾宮折桂，金榜題名了，實在是高！那為什麼叫寶蟾呢？蟾就是癩蛤蟆，但寶蟾就不是普通的蛤蟆了，是月亮上蛤蟆，牠住的地方折桂，才能算金榜題名。還有一層意思就是，薛蟠金榜題名，是靠人保舉的，罵薛蟠即使金榜題名也是個癩蛤蟆，是對學問的侮辱。

說到這裡，我想沒人不明白薛蟠娶來這三朵鮮花的含意了。香菱、桂花、金蟾，分別是秀才、舉人、進士的三個身分。三個等級的學歷，相當於現在的學士、碩士、博士。因為薛家有錢，錢財如糞土，正好供養這三朵花。明擺著是揭露諷刺薛蟠這個人花錢買學歷這事，諷刺學界的腐敗墮落。連一個不學無術的學界叛逆都能高中進士，可見學術腐敗到了何種的程度。

因為寶釵是為學界保留保舉人才的，所以寶釵住進了家天下的賈家，而薛寶琴是學界保舉保薦自己的親人，就是說是拉關係走後門的，所以寶琴一來賈家就有了男朋友。到此為止，薛家人的身分就全被我給檢舉揭發出來了，可能有人會問一個問題，後來邢岫煙嫁給了薛蝌，有什麼含意呢？是說後來的審查科舉考試作弊問題時，在反腐敗這個事上，就像山旮旯的煙霧一樣，撲朔迷離，沒人能看得清，弄個明白。

當然了，還可以說，薛蟠這個名字，不是學叛，是學攀，說白了就是學而優則仕，只要學習好了，就能當官，就能往上爬。這是勵志的說法，也勉強能說的過去，意思是說，一個人生下來什麼也不會，大字不識一個，經過學習，就可以中秀才、舉人、進士，一步步晉升，最後鯉魚跳龍門，飛黃騰達。這樣說是有根據的，薛蟠還有個名字叫薛文起。薛蟠、薛蝌兄弟倆的名字都帶一個蟲字旁，意圖也再明白不過，就是說小蟲子要成龍，就要經過一番學習的折騰，參加科舉考試，只有這條路，才是鹹魚翻身的唯一出路。薛蟠娶了這香菱、桂花、寶蟾三朵鮮花，為什麼她們表現和待遇完全不同呢？這太容易理解了，香菱只是代表薛蟠的秀才身分，還沒有做官的資格，地位低下，所以雖然先到，但也只能屈居情婦之位。而夏桂花就不同了，那可是舉人身分，有了當官的資格了，算是官老爺，當然就頤指氣使，小人得志了，撒潑罵街就沒什麼大驚小怪的了。

既然寶蟾是薛蟠得隴望蜀弄到手的，中了舉人又想中進士，花錢經人保舉才金榜題名，寶蟾當然就不怕夏桂花了。她雖然不敢跟夏桂花捉對互掐，但她的批評功夫也很了得，尋死覓活，自殺上吊。同時，在中進士之前，差點因為鄉試資格作弊而被取消殿試的機會，所以，薛蟠就拿香菱不當回事了，任由別人作踐。秀才雖然不能做官，但好歹也是個文憑，寶釵以保才為己任，當然就有責任對香菱這個秀才身分負責。所以，寶釵就收了香菱，讓她跟隨自己生活。

薛蟠托關係走後門，買來所有的學歷和文憑後就沒什麼心思了，把文憑扔在家裡，自己出門逍遙自在去。剩下夏桂花和寶蟾，兩個高學歷的代表，在家沒事，只能賭賭博，啃啃雞爪，成了無用的廢物。薛蟠的這些學歷，最後派沒有派上用場，曹雪芹沒有繼續往下說，那就只有天知道了。

翻身小妾把歌唱

在薛蟠中舉折桂之前，香菱曾跟隨寶釵在大觀園這個大雜院裡度過一段幸福時光。除了寫詩，還曾發生過走光的緋聞，把她一下子拉到了寶玉的身邊，成為寶玉意淫的一個對象。

薛蟠有了鄉試的資格，就帶著香菱來到京城等待科舉考試，這期間，他當然不會好好複習功課來準備高考，他就是個混混，讓他學習還不如宰了他。京城這麼熱鬧，又有那麼多狐朋狗友，薛蟠當然就閒不住了，到處吃喝玩樂，賭博鬥毆。有一天，薛蟠和寶玉、柳湘蓮等人一起聚會喝酒，他很妒忌寶玉喜歡柳湘蓮，也想勾搭勾搭柳湘蓮，就跟這個帥哥套近乎。柳湘蓮是何等人物？是鄉間有名的廉潔之士，本來學習不錯，但是家裡窮，沒錢走後門送禮行賄，自身又廉潔，不願做這些事，所以連個秀才也沒混上，只能在家練練拳腳，學學武術。

今天看到薛蟠這個不學無術的混混，竟然買了個秀才，還要參加高考，心裡生著悶氣著，他最恨的就是這些歪風邪氣，腐敗醜惡的事情。於是他就想狠狠地教訓一下這個愚蠢的傢伙，他看到薛蟠那巴結諂媚的醜態，就將計就計，把薛蟠騙到荒郊野外，一個沒人能發現的地方，將他一頓挨揍，還讓他灌了一肚子臭泥湯，才算解氣消恨。隨後扔下薛蟠，自己騎馬揚長而去。

薛蟠平白無故挨了頓打，心裡那個鬱悶窩火就別提，趴在床上養好了傷，他就想，秀才這文憑太低了，別人瞧不起，還得多掙錢，買個舉人當當，才能抬起頭。他心裡清清楚楚，不花錢走後門，他連舉人的頭髮絲都摸不著。於是他就決定再出去闖蕩一番，弄點銀子花花。

薛家是皇商，國有企業，業務自然不成問題。薛蟠打定主意，就收拾收拾出門做買賣去。扔下香菱一人，薛家不放心，為了保護人才，寶釵就讓香菱進了賈府的大觀園，跟她一起住。這一下可把香菱樂壞了，她一個鄉巴佬，哪見過這稀罕景色，如今得到寶釵的提攜，混進國家最高女子學府，進修學習，天大的好事，能不樂得掉大牙嗎？進了大觀園她才知道，這高等女子學府裡生活學習的同學們，都是高才子女，各個才藝出眾，根本沒人在乎她的秀才身分，一點也不把她當回事。好在這些同學對她還算不錯，與她對比，身上的優越感立刻就出來了，令她們很得意，於是同情心像小河流水一樣嘩嘩地氾濫開來，紛紛充當她的老師。一時間，讓香菱心花怒放，下定了決心要學習更多的文化知識，讓自己也能脫俗雅致，成為知性女人。

香菱住進了大雜院，開始並沒有引起寶玉的多少注意，他雖然知道薛蟠不是個東西，香菱跟他就是把鮮花強插在牛糞上，但這位寶二爺還是忌憚「朋友妻不可戲」這句古訓。好歹薛蟠也是他的一個酒肉哥們，還連帶著親戚關係，所以也就沒多想什麼。

有一次，大家都在院子裡玩對子的遊戲，香菱是過來人，人家小丫頭弄個姊妹花，她就給對上個夫妻蕙。小丫頭們未經人事，當然不知道這些，於是就批評她，說她是瞎對。香菱不服氣，於是和幾個小丫頭對決起來，被人弄到污水坑裡，弄了一身污點。正巧寶玉趕了過來，聽了香菱說出夫妻蕙，當即就對出了並蒂蓮，於是兩人一下子就撞出了火花，霎時心意相通、心有靈犀、惺惺相惜，相見恨晚起來。互相引以為知己，後來竟然把男女有別、授受不親的教條拋到了屁股後，忘情地拉起了手。

兩人既已心意相通，寶玉那憐香惜玉的老毛病又犯了，他看到香菱因為夫妻蕙這個事被潑了髒水，弄了滿身污穢，怕香菱受責罰，忙不迭跑回家中，拿出襲人同樣的一條裙子給她換上遮掩過去。香菱當著寶玉的面換裙子，不免走了光，她就讓寶玉轉過臉去不許看，到底看了沒看，我們就不知道了，反正這次走光事件是真的發生了。香菱能當著寶玉一個人面前換裙子，就很能說明兩人之間的曖昧了，所以曹雪芹用了一個提示性的小標題——「情解石榴裙」。趁香菱解裙子這個空兒，寶玉就把夫妻蕙和並蒂蓮攙合在一起，埋到了一塊。

曹雪芹寫這個「解裙門」事件，有好幾層意思。大家之所以因為香菱的夫妻蕙潑她的髒水，其實就是嘲笑她老公弄的這個秀才身分，是透過行賄花錢買來的。寶玉之所以拿來襲人的裙子為她遮掩，也就是安慰她，襲人也是有污點的人。香菱當著寶玉的面走光，兩人心生曖昧，說明寶玉突然窺測到了鄉試的樂趣，決定要參加鄉試，弄個舉人玩玩。夫妻蕙和並蒂蓮攙合一起，埋在了地下，是為他要和香菱勾搭，混進鄉試考場埋下的伏筆。看似兒女情長，其實寫的卻是學界故事。

皇帝和太子喬裝打扮參加鄉試這事，並不稀奇。有人就曾八卦，當年康熙和乾隆少年氣盛，都為了檢驗一下自己的才華能力，做過這事。所以我想曹雪芹大肆渲染這個事情，其實是影射康熙帝化名應試，攪亂考場之事。按照當時考試法規定，皇帝和太子是沒有資格參加高考的。原來，學術腐敗，營私舞弊，源頭是在最高層，怪不得薛蟠能一路暢通金榜題名。

開部落格灌水啦

香菱進入國家最高女子學府，才知道自己實在是老土，要多土有多土，就是個有點文化的鄉巴佬。所以她到處拜名師學才藝，功課非常認真，常常做功課做到深更半夜，連做夢都是在做試題。害得和她同寢室的寶釵睡不了安穩覺，只好讓她換了寢室，和湘雲住一個房間。

香菱學的什麼學科，拜的哪位名師，做的什麼作業呢？當時，高考要考三個科目，其中有個學科叫詩賦，就是看誰的詩寫得好。香菱這一科，學得最糟糕，成績最差，這樣她在大雜院同學面前很沒面子，抬不起頭，所以她暗暗下決心要把這一科學好，迎頭趕上。

大雜院裡詩賦名流很多，名氣最大的兩個應該是黛玉和湘雲，黛玉比湘雲名氣還大，是排名第一的教授博導。出名要趁早，拜師拜名導。香菱是過來人，當然明白這個道理，於是她就到黛玉那裡，死乞白賴地求黛玉收下了她這個學生。從此香菱跟著黛玉進修詩賦這一科，成了黛玉教授名下的一位研究生。

由於學習刻苦，香菱的學業進步神速，作詩經常到癡迷的程度，早晨醒了，第一件事就是溫習功課，思考習題。不久，她就開了竅，會吟幾首詩了。香菱覺得自己寫著玩不過癮，於是就開了一個部落格，不分晝夜，玩命地貼詩灌水，很吸引注目，人氣也直線上升，很快就成了詩歌新人王，被吸納進了詩人協會，有資格參加賽詩大會。

最令她激動的一次，就是很多學者教授、名流大家為她開作品討論會，專門討論她的詩歌作品。一個小妾，從鄉下跑到城裡，又從國小跑進大學，這是什麼精神？這是小妾努力提高自身素質，不懈追求高學歷的精神！

一個剛剛學會灌水的小妾，敢於挑戰名流大家的地位，這是什麼精神？這是小妾急於走紅，大膽炒作，製造轟動效應，不一夜成名誓不甘休的冒險精神！

一個剛剛炒紅了自己的小妾，還沒站穩腳跟，就以名流身分參加賽詩會，與眾位高手過招對決，這是什麼精神？這是小妾無知者無畏、敢打敢拼和立志附庸風雅的精神！

香菱，由一個詩盲，很快把自己打造成一個詩壇高手，自然比以前有水準多了，知性多了，難怪後來能發生「解裙門」緋聞。原來是素質提高，氣質大變了，再也不是那個土裡土氣的鄉下小妾了，脫胎換骨，真正成了知識女性、白領精英了。香菱這次大觀園補課進修，收穫頗豐，充了不少電，也電暈了大雜院裡的大老闆，為以後能得到大老闆的另眼看待，留下了好印象。

本來，鄉試要考三個科目，為什麼香菱只補習詩賦一科，對另兩科卻不聞不問呢？難道是另外兩科成績好，用不著再費力氣了？說起古代的高考，四書五經考的是基本功，策論考的是綜合能力和水準，詩賦考的是才情，就像現在的音樂美術。決定他們命運的往往是策論一科，只要基礎課四書五經過得去，詩賦四平八穩中規中矩，就行了。反正有固定的套路，跟填空差不多，策論要是能寫得好，被錄取中舉，就差不多了。

其實，薛蟠想中舉人就是個附庸風雅、東施效顰的事情，他根本就是個白癡，學也學不會，要中舉花錢買就是，買個文憑裝點門面。萬一有人不識趣考考自己，也好吟詩作對應付應付，敷衍敷衍。而通常人們考察別人水準的辦法就是讓人吟詩作對，考慮這一層世俗功利需要，薛蟠讓香菱去大觀園進修詩賦專業，就很好理解了。

說起香菱進修詩賦這事，還有一個直接的原因。有一次，薛蟠和寶玉幾個哥們一起喝酒取樂，大夥賦詩作對，作不上來罰酒。薛蟠怎麼能跟寶玉這些知識分子們相比，憋了半天，才憋出了什麼「洞房裡鑽出個大馬猴」之類粗俗的句子，可以說是丟盡了面子。薛蟠這才知道，要在京城這個圈子裡混，不會胡謅幾句詩歌，那是根本不行的。這也是促使薛蟠下決心送香菱去大觀園這國家最高女子學府進修的原因。好歹會上那麼幾句，再老土，附庸點風雅總還是可以的。

要我看香菱開部落格灌水這事，絕不是香菱鬱悶無聊時的無意之舉，對我們今天社會，想殺入情婦業的靚女，非常有學習借鑑的價值。隨著社會發展進步，情婦業競爭越來越激烈，當個優秀的情婦越來越不容易。情婦們迫切需要提高自己的素質和才藝水準，使自己更有魅力，以便能更好地抓牢男人的心，擊敗其他競爭者，鞏固自己的地位。

找塊豆腐撞死算了

香菱無論怎麼奮鬥，都是一個秀才身分，自從有了夏桂花、寶蟾這兩個高學歷的對手，香菱的小妾日子就不那麼好過了。在學界混，靠的就是學歷文憑，學歷不高，就只有受氣挨打的份。香菱雖然混了個秀才身分，還到國家最高女子學府進修了一陣子的詩賦專業，但比起鯉魚跳龍門的正牌老婆、舉人身分的夏桂花，和進士身分的寶蟾，那學歷就差遠了，和她們兩人競爭，不被評個稀巴爛就算幸運了。

她的這個秀才學歷，比起桂花和寶蟾的舉人和進士，連廢紙都不如，所以，薛蟠就更不把她當回事了。老爺不把她當回事，大老婆三老婆們就更瞧不起她了，打她罵她都是輕的，精神摧殘就更厲害了，常常羞愧得她恨不得找塊豆腐撞死算了。可見文人相輕多麼厲害，一旦中了舉人進士，就把同門落榜的秀才看得一錢不值，任意侮辱。

文人相輕，是幾千年流傳下來的傳統，就算到了當今社會，文人們還是如此，只要逮著機會，不互相踩上幾腳，好像過意不去一樣，不掐上幾句，好像手就癢癢。最嚴重一次就是三國時期，諸葛亮和周瑜的對決，本來兩個人合作演出的劇碼非常精彩，如果繼續愉快地合作下去，那麼曹操可能就早早地被玩廢了。可惜，由於兩人互不服氣，竟然鬥起了法，這一巔峰對決，竟然把周瑜活活給氣死了，臨死還嫉妒地說，既生瑜何生亮的話。

古代秀才和舉人，一個天上一個地下，簡直就是生死兩重天，考取了秀才不能中舉人，那就屁也不是。最難受就是這些人，上不著天下不著地，讀了大半輩子的書，中不了舉，就找不到工作。種地，不甘心也不會種，還感覺掉價，死要面子活受罪，受不了的，上吊投井的有的是。也有忙活一輩子，最後好歹中了的，一高興，瘋掉的也不少，最有名的就是吳敬梓筆下的范進了。鬍子一大把了，才中了個舉人，一激動，結果瘋掉了。可見，科舉制度害人不淺，怪不得薛蟠從小就討厭讀書，寧願花錢買個文憑，原來是不願受那份罪。

當然，薛蟠花錢買文憑這事，也是有風險的，曹雪芹寫的柳湘蓮暴揍薛蟠的內幕，我下面就來檢舉揭發一下。表面看是柳湘蓮討厭薛蟠，才用計騙他出來痛扁了一頓，其真實的原因是，薛蟠花錢買秀才的事情，可能被人舉報了，被拉到審訊室，一番祕密的嚴刑拷打，最後什麼都招了。

最後是賈蓉出面拉關係走後門，才從輕發落，坐了幾個月監獄，放出來了事。放出來後，一方面讓香菱去高等學府進修，一方面抓緊去活絡關係，花錢托人保住了鄉試的資格，並找到了夏桂花，買通了主考官，才最終如願，中了舉人。這麼大的一個事情，可能曹雪芹不好意思直說，就說成是薛蟠被柳湘蓮暴揍一頓灌泥湯，什麼都吐了出來，還說是賈蓉把他接回，在家養了幾個月的傷。實際是東窗事發，坐了幾個月的大牢。

這次反腐事件，對薛家，以及薛家代表的學界，震動都很大。薛家怕事情鬧大，也不敢申訴，盡力遮掩，有人問起就敷衍說病了，從監獄出來，薛蟠就以做買賣的名義，躲到外地去。薛姨媽和寶釵感覺這事很丟人，所以就打算安排香菱去進修，學點真才實學。香菱受的刺激也很大，也覺得這事沒面子，婆婆和小姑的安排，正是合自己的心意，於是毫不猶豫地跟著寶釵去高等學府學習。

學界腐敗，自古有之。清朝科舉舞弊案，時有發生，康熙五十年的江南貢院舞弊案，就是最有名的一次。主考官恰恰就叫左子蟠，不知是巧合還是對這次事件的影射。這次舞弊案非常嚴重，很多像薛蟠那樣，不學無術的人都高中舉人，而那些像柳湘蓮一樣，有點真才實學的，反而都名落孫山。我想曹雪芹既然寫的是家國天下，又用佔天下四分之一的分量（薛就是指學）來看待學界，那他肯定就不會對科舉考試裡的舞弊行為繞著走，說不定薛蟠這個名字，就是指的左子蟠。曹雪芹，挖苦人也不會讓人發覺，你看他對科舉舞弊的嘲笑，多藝術、多深刻，很多人竟然幾百年都發現不了。這就是名人、名著的厲害之處，殺人於無形，被殺了還找不到報仇的地方。

要說曹雪芹痛恨科舉制度摧殘人才，也很好理解。他也是個大學問家，可是忙活了一輩子，連個秀才也沒考上，更別說舉人和進士了，也就是說，高中都沒有混畢業，真夠可憐的。當然，考不上也不光是他自己學習不好的緣故，還有他老爹犯了嚴重錯誤被判了刑，剝奪了他後半輩子參加高考的資格也是一個重要原因。曹雪芹空有一肚子學問，卻連點基本的生活費都掙不來，那種鬱悶，那種憤恨，那種無奈和絕望，沒有找塊豆腐撞死，我看神經已經強大到了跟鋼筋差不多了。很值得我輩莘莘學子們，大學特學。一本《紅樓夢》，家國天下事，被曹雪芹搞得如此生動有趣，活靈活現，又寓意深刻，入木三分，實乃神來之筆。一句話，香菱花朵般的命運，不僅是被假道學謀害的，也是被腐敗的教育推進火坑的。

第十章

大觀園之荇葉渚

——別在我寂寞的時候來找我

美女三進一

既然賈家是家天下，我們就得琢磨琢磨曹雪芹為何把賈府分成寧府和榮府。江山社稷，江山說的是國家，那麼社稷就是民族的事了。這樣看來，寧府實際上指的是自己民族的事務，祭祀祖先，傳承歷史。這樣的地方，當然安寧、肅默，所以賈府的家廟在寧府，族長也在寧府，代表宗教信仰的賈敬，是寧府的老大。榮府代表國家，管理天下事務，故而負責政府工作的賈政在賈府，負責司法工作的賈赦在賈府，模擬太子的寶玉在賈府，袖珍皇宮大觀園在賈府。既然榮府是國家的化身，那它當然要繁榮昌盛，叫榮府再貼切不過。寧榮二府，代表的是民族和國家。它們的關係是先有民族後有國家，所以寧府在前，榮府在後。尤氏三姊妹的故事發生在寧府，那我們就說說寧府的那些事情。

我們既然把曹雪芹寫的家天下，看成清朝初期康雍乾時代，那麼不妨看一看這期間都發生了什麼大事，都有哪些隱憂和波折。康熙帝上臺面臨四大難題：輔臣篡權、三藩割據、收復臺灣、治理黃河水患，輔臣是他們自己民族的家事，三藩和臺灣，是和漢民族的矛盾，黃河水患是政府的事。處理這些事情，主要靠滿族當權者們的執政能力，這也是他們最大的一個隱憂。

下面我們來看一下寧府的尤氏三姊妹。尤氏三姊妹既非同父也非同母，有趣的是兩家合一家，都姓尤。真相是尤氏的老爹娶了帶著尤二姐和尤三姐的尤老娘，故而二姐和三姐都改隨了繼父姓，也姓尤。這才有了血緣傳承上八竿子也打不著的尤氏三姊妹。

尤就是憂，我們從曹雪芹為人物取名的習慣就可以知道，他不會給這麼重要的三個人物胡亂取個名字。那麼尤氏三姊妹，都暗示了什麼隱憂呢？尤氏嫁給了賈珍，是賈家自己的人，她的憂，肯定是最大的憂，那就是皇權的穩固與否，政府的執政能力如何；尤二姐做了賈璉的小妾，是賈家的內患，所以尤二姐之憂，是輔臣篡權之憂；尤三姐因為未能嫁給柳湘蓮而用柳湘蓮贈送的鴛鴦劍自裁，正應了用臺灣的施琅收復臺灣的這件事，所以尤三姐之憂是收復臺灣之憂。

至於平定三藩之亂，需舉滿族整個民族之力，故而另由重要人物來完成。治理黃河水患，那是政府的事情，我們就到代表政府的榮府去說。

尤氏之憂，貫穿賈家始終，所以尤氏地位牢靠，活的時間也比較長。自始至終人們都叫她尤氏，因為憂患沒有解除，那就不能叫尤大姐，只能「憂思」。而其他兩姊妹的尤，都被解除了，叫尤二姐尤三姐就很恰當了。解決輔臣篡政，就是除鼇拜那件事，兩次才除掉，由外及內，所以稱二姐。收復臺灣，打了三次仗，所以稱三姐。既然尤氏之憂解除不了，那我們就說說其他兩姐的故事。

尤氏三姊妹，美女對決三進一，誰先勝出的呢？我們先看看二姐三姐是什麼時候進寧府的，這很重要。因為賈敬死了，要出殯，比較忙，尤氏就把尤老娘和二姐三姐接進來，幫著看門守家。也就是說，這兩個隱憂，都是當家的死去時留下的，這就對應著順治帝死後留下的問題。曹雪芹不過是把解決這些難題的順序，顛倒了一下，打亂了重排，掩人耳目而已。

先說說尤三姐，賈珍一直想勾搭尤三姐，可是始終沒有得手，除了寶玉被尤三姐表揚了一次，其他人都被她挖苦的不輕。因為尤三姐性格剛烈，不願與賈家人勾勾搭搭，玩地下情人性遊戲，她心中看上了冷面冷心、無情無義的柳湘蓮，非柳湘蓮不嫁。這其實很難為了中間牽線人賈璉，那時候，賈璉也不知道柳湘蓮在哪裡。柳湘蓮，讀者想想看，流落在水裡，根上還連著的地方，能是哪裡？除了臺灣，再沒有第二個解釋了。這就讓我一下子明白了柳湘蓮為什麼暴揍薛蟠了，你胸無點墨，竟敢代表我源遠流長的華夏學界，不是找死嗎？原來是滿漢文化的一次激烈衝突，以滿清文化被打趴下而告終。賈璉出差，半道上恰巧碰到了柳湘蓮，連忙把尤三姐介紹給了他，柳湘蓮信以為真，就用一把鴛鴦劍做為定情物，讓賈璉捎給尤三姐。等柳湘蓮回到了家裡一打聽，原來尤氏名聲不好，立刻就反悔了，找到賈璉想要悔婚，要回鴛鴦劍。尤三姐一聽十分氣憤，拔出柳湘蓮送的定情物鴛鴦劍，抹了脖子。而臺灣那邊，鄭經死後，大清水師施琅攻克澎湖，鄭克爽就投降了清政府，跑到北京當個閒人，老死在北京城裡。尤三姐之憂，也隨即煙消雲散。

尤三姐死了，柳湘蓮出了門不知道往哪裡去，這時候，薛蟠的一個馬仔出現了，就把他領到一個房子裡，在這裡見到尤三姐的鬼魂，述說了一番相思之苦，接著就化為了一陣青煙。柳湘蓮大俠正在疑惑，看到一個瘸了腿的道士，就跟著跑了，親自把自己除了名。

寫到這裡，其實就是說臺灣又回歸了，尤三姐之憂解除了。至於薛家為何要為柳湘蓮買地買房操持婚禮，原因不外乎是因為柳湘蓮曾救過薛蟠，與薛蟠結拜了兄弟。其含糊的意思是說，漢文化救了滿清文化，也可說是臺灣的鄭成功打跑了外敵荷蘭人。在曹雪芹眼裡，他對柳湘蓮的態度還是比較嚴肅的，將其寫成了一位俠客，可見對臺灣的尊重之情。柳湘蓮，留著為了相連，統一的意思。

偏方專治偏房

在處理尤二姐這事上，曹雪芹採取的是以毒攻毒的偏方，讓王熙鳳專門對付尤二姐，平兒做了墊背，秋桐搭了把手，敲了敲邊鼓。

賈家的家國天下，由寧榮二府組成，寧為民族，榮為國家政權，寧榮合起來就是滿清。寧府為社稷的化身，寧府的敬、珍、蓉，意思是說對祖宗和宗教要尊敬，要真誠，要有包容之心。這個民族是女真族的後裔，自視甚高，認為大清朝就是芙蓉花，出淤泥而不染，品質高潔，一枝獨秀。曹雪芹很吝嗇，只用了三個字，就把一個民族的情況交待得清清楚楚。見過自誇的，沒見過像大清朝這麼自誇的。芙蓉雖是花中珍品，但還算不上百花之王，最後還得讓位正統的牡丹，大清朝的覆沒，也就隱含其中了。

說到尤二姐之憂是輔臣篡政之憂，那麼我們不妨看看賈家的政權狀況。賈政代表了政權，就是皇帝，這沒什麼可說的，關鍵是賈璉，究竟代表了什麼？賈璉，賈家連接上下，承上啟下的人，這個人是誰呢？當然不是一個具體的人，而應該是一個部門的縮影，對照清朝的機構設置，賈璉其實就是內閣（後來的南書房）的化身，賈璉的妻妾們，當然就是指那些內閣大臣。賈璉包養了尤二姐這個情婦，挑明了就是把輔臣篡政的憂患引進了內閣，引進了政府裡。以此推演，這個憂患的原型，就該是鼇拜，除掉這個隱患的主要力量同樣來自內閣的臣子們，即王熙鳳代表的索尼索額圖勢力，拉上了平兒代表的蘇克薩哈之流做了墊背，秋桐化身的是魏東亭們伸出的援手。

除掉尤二姐的陰謀來自王熙鳳，這也符合歷史上索尼索額圖為康熙除鼇拜出謀劃策的事實。平兒因為尤二姐受辱，也有蘇克薩哈的影子，尤其對尤二姐的最後一擊來自秋桐，那分明不就是魏東亭的所作所為嘛！再看看尤二姐的死因，懷孕流產，還是個男孩，這不是明擺著說，鼇拜心懷鬼胎，圖謀篡逆，最後未能成功，身敗名裂。孩子流產了，尤二姐吞金而亡，這又是什麼意思？就是暗示鼇拜是以大肆圈地，侵吞國有資產的罪名被砍的頭。虧曹雪芹想得出來，描畫得嚴絲合縫，這哪裡是巧合，分明就是撮合。

這樣再看尤二姐，她的行為舉止就沒什麼可說的了，跟賈珍有一腿，還很隱密，若隱若現的，就是告訴我們，這個隱憂來自它們民族內部，趁著順治帝去世的機會，這個隱憂被帶入了內閣。因為那時候鼇拜成了輔政大臣，一開始不是首輔，憂患沒那麼大，還是個隱患，尤二姐只能被包養在外，是個公開的祕密。後來索尼死了，鼇拜成了首輔大臣，這個憂患也就公開化了，到了非除去不可的地步，這時候王熙鳳用計謀探出了尤二姐的真相，把她騙進府內。尤二姐就這樣堂而皇之地走進賈府，開始了明目張膽的情婦生活，對付她的計畫，也就全面開始實施了。而除鼇拜，也是把他騙進皇宮，讓一群人活捉的。

有兩個細節很值得推敲，看似不經意，卻是說出了養虎為患的另外一些根由。一個是尤二姐進賈府的時候，賈蓉這小子吃她的豆腐，細節很生動，就跟我們看見了似的，賈蓉見了她就說：「二姨娘，妳又來了，我們父親正想妳呢。」這話說的也太逗了，既說明了他們父子和二姐的曖昧關係，又說出了二姐的得寵，這是在暗示鼇拜在滿清中的地位。整個民族對他很縱容，所以這話先由賈蓉說出。接著，賈蓉又和二姐掙搶吃砂仁，二姐嚼了一嘴的渣子，吐了賈蓉一臉，賈蓉不嫌噁心，連忙都舔著吃了。這又說明了什麼？說明鼇拜戰功赫赫，殺人無數，滿清很多人都在拍他的馬屁，跟著他沾光，吃他吐出的渣子就夠快活一陣子了。

第二個細節是和賈璉的初次見面。二姐和賈璉的好事，是賈蓉這小子拉的，鼇拜入主內閣輔臣，也是滿清王公們推薦的。賈璉見了尤二姐，當即就開始勾搭，跟二姐討吃，把漢玉九龍佩送給二姐，就是說，朝中的很多大臣巴結鼇拜，從他的腰包裡討個一官半職，向鼇拜行賄送禮，甚至要把整個漢族的江山送給鼇拜，其實就是暗指鼇拜縱容八旗圈佔漢人土地的事情。諷刺鼇拜勢力的強大，權傾朝野，滿清政權是在養虎為患。

有了這兩個因由做鋪墊，接著就寫尤二姐和賈璉的勾搭成姦，是賈珍一手操辦的，尤氏對此模棱兩可，不置可否。就是說，鼇拜篡政這件事，是他們整個滿清民族一手促成的，怪不得別人，對政府能否駕馭得了這個事，滿清貴族們也掂不出個斤兩，不知道危害的輕重。除掉尤二姐，王熙鳳聯合秋桐一起下手，這是以毒攻毒，用輔臣和新生力量擊敗鼇拜，顯露出少年康熙的過人膽略和足智多謀，以及駕馭天下的帝王氣概。

偏方專治偏房，康熙此招，果然出奇制勝，收到了奇效。

你家的男人愛偷腥

二姐三姐是賈家的親戚，是外人，在她們姊妹倆眼裡，賈府的男人都是些什麼貨色呢？曹雪芹有兩處細緻的描寫，非常到位。

一處是賈蓉見了他這兩個姨娘，就沒大沒小地輕薄，用現身說法給她倆演示介紹賈府男人的德性。現場的情形是這樣的，賈蓉正跟兩個貌似親姨的二姐三姐大肆輕薄調戲的時候，有個小丫鬟看不過去，拈酸吃醋跑上來損賈蓉。賈蓉不容分說，當即摟過小丫鬟又是親嘴又是摟抱，現場直播給兩個親姨觀摩，並像節目主持人一樣重點介紹了賈府男人的特色和緋聞，理論和實際相結合，博古論今，旁證博引，思路清晰，全面準確。請看他直播的賈府大揭祕：「各門另戶，誰管誰的事。從古至今，連漢朝和唐朝，人還說髒唐臭漢，何況咱們這宗人家。誰家沒風流事，別討我說出來。連那邊大老爺這麼厲害，璉叔還和那小姨娘不乾淨呢。鳳姑娘那樣剛強，瑞叔還想她的帳。哪一件瞞了我！」

這次現場直播，由賈蓉親自主持，無非是告訴兩個姨娘，我們賈家也是有光榮傳統的，外表光鮮，裡面也是什麼都包著的，什麼都容納的，要寬容，寬容是一種美德嘛！我吃妳倆的豆腐，完全是為了發揚光大祖宗傳統的美德，是一種要求進步的具體表現。賈蓉的這次直播，也為兩個姊妹全面認識賈家男人們提供了詳實豐富的資料，為她倆後來做為特邀嘉賓評論員，品評賈府各色男人，提供了理論和事實的依據。

另一處是尤三姐對寶玉的評價。認為寶玉這個人不錯，心裡好像也看上了他，後來聽說寶玉已經有了心上人，才打消了念頭。她對寶玉的評價是：「我冷眼看去，原來他在女孩子們前不管怎樣都過的去，只不大合外人的式，所以他們不知道。」這個評語雖然是誇獎寶玉，但我卻讀出了弦外的雜音來，這分明是說，寶玉專門巴結女人，只是巴結的方法比較另類，外人不好理解，也不好接受。言外之意，弦外之音，這不是八卦寶玉是個變態嗎？變態不可怕，就怕變種，只要寶玉不變成娘們，賈家依然是外甥前面打燈籠，後面有舅舅。

我們再來看看尤三姐的夢中情人柳湘蓮是怎麼評價賈府的。柳湘蓮為了拒絕和三姐這門親事，對寶玉這個模擬太子說：「這事不好，斷乎做不得了。你們東府裡除了那兩個石頭獅子乾淨，只怕連貓兒狗兒都不乾淨。我不做這剩忘八。」柳湘蓮的這個觀點，好像寧府的馬仔焦大也表達過，看來這一點應該是社會的公論。

這裡面有意思的是，柳湘蓮說的是東府，也就是寧府，除了兩個石頭獅子，沒有人是乾淨的。為什麼他不說賈府，而單說寧府呢？表面看，柳湘蓮對寶玉說，所以不能包括榮府，那樣連寶玉也罵了，其實寶玉還真認為連自己也罵了。內裡的意思應該是，既然柳湘蓮代表了臺灣，也就是代表了漢文化，他自然只能罵滿清這個民族，而不能罵整個國家。國家中還有漢民族，這不能搞混了，所以他就把象徵滿清社稷的寧府，單獨摘出來醜化了一番。我想這一節可能是清政府和臺灣談判破裂時，臺灣方面發洩的不滿吧。

賈府這些男人，除了寶玉的意淫，就數賈珍最放浪了，跟兒媳婦秦可卿的偷情，跟小姨子尤二姐的私通，跟尤三姐的輕薄，劣跡斑斑，一無是處。我一直納悶，賈珍是賈家的族長，寧府的大掌門，為什麼曹雪芹要把他寫的如此不堪？不過，仔細解剖《紅樓夢》，你就會突然對這件事情想通了。

看一看跟賈珍玩過色情遊戲的都是什麼人，老婆尤氏，情婦佩鳳、攜鸞，情人有兒媳秦可卿，小姨子尤二姐。除了「憂」就是「烽」和「亂」，而他最鍾情的就是「擒」。明白了吧，賈珍大老爺做為滿清民族的化身，他一生扯絡不斷的，就是內憂外患，戰亂的烽煙，內部權力的傾軋，昔日盟友的反水，這些都是要面對的難題。擺平這些事情，就像擺平一個個女人一樣刺激、過癮，樂此不疲，曹雪芹不過是打著男女姦情的幌子，來說說大清的這些事情罷了。其中關於賈珍和兒媳秦可卿這個貌似亂倫的偷情行為到底是怎麼回事，我後文還要和讀者詳細地說一說。

至於寧府裡其他的男人，賈敬顯然影射的是滿清民族的歷史，到了康熙帝這裡，先皇們正是以順治帝的出家為終結，只不過曹雪芹用道教代替了佛教。因為道教才是正宗，卻被外教奪了地盤，暗喻滿清入關奪了漢家天下。再說說賈蓉其人，用意更明顯，曹雪芹是在誇獎滿清民族具有很強的包容性，能夠和漢人融合一起，滿漢一家，才使滿清王朝統治穩固。

曹雪芹用了如此高明的偽裝，簡直可以逃過神仙的法眼。

我不是你的野蠻女友

就像尤三姐性格雖剛烈，卻不野蠻一樣，臺灣與滿清的關係也大抵如此。說起大清朝前期的內憂外患，確實不少，康熙帝小時候的日子並不是那麼好過。有句話說得好，成就英雄的不是他自己，而是他那些英雄般的對手。不知道這話說的對還是不對，反正我覺得說的挺有哲理。把康熙捧紅的，正是他一輩子面對的一個個高手，鼇拜、吳三桂、朱三太子、鄭經、索額圖、明珠、葛爾丹，這些人讓康熙老爺子忙活了一輩子，也成就了他一世的英名。

收復臺灣，康熙也是自認為做了一件功德無量的事。費了不少周折，直到把老對手鄭經熬死，才得手，而收復大明王朝最後一塊基地，康熙恰恰用的是大明王朝留下的鴛鴦劍，文臣姚啟聖，武將施琅。

這件事在曹雪芹眼裡，我估計他也是掂量了很久，拿捏了多次，才把握住準頭，用柳湘蓮和尤三姐兩個肝膽狹義之人的情感糾結，來演繹這件事情。

尤三姐出場次數不多，上鏡率不高，但也算個名人。一死成名，小範圍成名，大雜院那邊好像知道的人很少。尤三姐對寶玉的印象不錯，柳湘蓮也跟寶玉的關係很好，尤三姐對柳湘蓮心生愛慕，可能與這也有關係。她知道不能嫁給寶玉，愛屋及烏，嫁給寶玉的朋友也應該錯不了，沒想到最後導致了一場悲劇，被寧府的臭名聲害死了。

尤三姐跟柳湘蓮的道別，竟然是鬼魂對靈魂，真是活見鬼了。是在薛蟠給他們準備的洞房裡，柳湘蓮迷迷糊糊，就被薛蟠的一個馬仔領到了這裡來，進了洞房，看到新房很漂亮，正在納悶，就聽見叮叮噹噹一陣首飾響，走進來一個漂亮的女生，她就是三姐的鬼魂。這是他倆第一次幽會，第一次單獨相處，第一次聊天說話。三姐哭著說，我癡情暗戀你五年，終於盼到你來娶我了，誰知道你冰冷無情，鐵石心腸，竟然退婚，我只有以死表示抗議！本來我都到閻王那裡報到了，可是總覺得暗戀你五年，連句話都沒聊過，不死心。來跟你道個別，我就走啦。說完一陣香風沒影了。

柳湘蓮突然發現不對勁，自己不是在薛蟠準備的洞房裡，而是在一個破廟旁邊。這時，走過來一個道士，幾句話就說得他跟著求仙問道去了。

有意思的是，尤三姐和柳湘蓮在學界準備的洞房裡，人鬼道別，而且在神情恍惚一瞬間，發現根本不是什麼新房，原來是座破廟。這到底什麼意思呢？曹雪芹是想告訴我們，臺灣歸了大清，尤三姐之憂自然解除，臺灣在大清文化佈置的新房裡，見識了昔日大清對它的癡情，明白大清志在必得，也就可以死心塌地了。這時漢族江山早已廟宇傾頹，殘垣斷壁，一片荒涼，只好跟隨著象徵民族精神的道教，從現實的世界裡一溜煙消失了。以後的臺灣，只是大清朝的臺灣，江山一統，再無漢民族半磚片瓦，柳湘蓮也就該謝幕退場了。尤三姐不是他的野蠻女友，卻是他追魂奪命鬼，大俠野鬼一相逢，便省去手續無數，直接晉級道士級別，不用掙錢糊口了。

相比三姐之憂，二姐和賈璉的舊情，要纏綿悱惻的多。畢竟在外開房火熱了很久，後來又合併，聯合辦公，可能有點不適應，哪見過這麼大陣勢的大會戰，嚇也嚇個半死了，哪還有膽兒還手呢？任由別人一陣批評，評得臥床不起，連肚子裡八九個月的孩子都給流了產，你說這些評論家黑不黑，比黑寡婦還狠毒。真是沒見過這麼窩囊的小妾。越想越窩囊，越想越鬱悶，乾脆再吞併一些壞老公的家財，撐死算了，想到這裡，鬱悶透頂的二姐，只能靠大口地吞吃金塊，才能緩解心頭的無奈。直到實在吞不下去了，撐死在了床上。大清的二姐之憂，終於解了套。

的確，康熙帝除鼇拜這事，要比收復臺灣，過程更驚險刺激，富於挑戰性。就像賈璉二爺要比柳湘蓮大俠複雜得多一樣，一個十幾歲的小孩，要擺平一個人脈很廣、手握大權，相當於國務卿、元老級的首輔大臣，靠的是初生牛犢不怕虎的那股衝勁。再說也只有小孩能想出靠打群架來解決問題的辦法，這辦法，我估計要徵求鼇拜意見的話，能把他笑掉一排大牙。可是，小孩就愛玩這招，鼇拜再想笑，也得接招。很不幸，康熙這一招，殃及到了傻乎乎的尤二姐，曹雪芹也只好安排王熙鳳、秋桐一起和尤二姐作對，直到尤二姐死掉了事。

尤二姐同樣不是賈璉的野蠻女友，但卻是他的喪門星。她被掃地出門，埋進了垃圾場，賈璉和王熙鳳也失去了在賈家原有的威風，王熙鳳只能裝沒病硬撐，死要面子活受罪。解除了尤二姐之憂，康熙也取消了內閣輔臣制度，另設了一個南書房。大臣的官職叫上書房行走，可是權力卻小得多了，一切都要聽康熙老大的。

實在寂寞玩自殺

賈府兩院，玩自殺遊戲的靚女可不少，不過她們玩的自殺式襲擊沒襲擊到別人，都襲擊到了自己的頭上。尤二姐和尤三姐，就是其中的兩個代表。三姐拔劍自刎，二姐吞金而亡，兩相比較，兩人的玩法各有千秋，難分伯仲。她們雖然都是來寧府探望親戚的，卻全都和榮府有千絲萬縷的關係。二姐看上了賈璉，三姐掛不上寶玉，就來了個曲線救國，看上寶玉的朋友柳湘蓮。我這樣說三姐，可不是信口胡說，而是有一定理論依據的。

尤三姐對賈家男人，基本沒什麼好印象，唯獨對寶玉，印象很好，理解寶玉的行為，認為自己是寶玉的紅顏知己。她當著二姐和賈璉手下一個馬仔的面，誇獎寶玉，在二姐打趣她、說把她許配給寶玉時，羞紅臉低頭不說話，表示默認，假裝嗑瓜子遮掩。後來聽說寶玉已經有了心上人，不免失望。賈璉給她提親時，她聽說舊日的相識柳湘蓮是寶玉的朋友，便說出已經暗戀柳湘蓮五年了，非他不嫁，等十年八年一輩子，也要等他的話。

她早不說晚不說，為什麼這時候說呢？尤三姐聽到了寶玉已經不可能娶自己，柳湘蓮又是他好朋友時，才爆料出自己的緋聞。因為她知道，現在賈璉能夠找到柳湘蓮，只要嫁給柳湘蓮，冬天來了，春天就不遠了。柳湘蓮，瞧瞧這名字，尤三姐留下來就是要和他相連，和他相戀。和誰相連，和誰相戀呢？當然是藍顏知己寶玉了。柳湘蓮回到家想退婚，先去找寶玉商量，寶玉聽湘蓮說自己要娶三姐，當即眉飛色舞，把三姐誇得比七仙女還溫柔，比西施還美麗。其實，他的心思和尤三姐一樣，都把柳湘蓮當成跳板了。可見，寶玉早已把三姐納入了意淫的範疇之內。原來寶玉這個意淫男，遇到了三姐這個意淫女，兩人開始隔著柳湘蓮談起了精神戀愛。柳湘蓮不過是月老手中的紅絲線而已。

柳湘蓮向寶玉瞭解尤三姐的情況，寶玉不小心說漏了嘴，說自己曾和尤氏二姊妹廝混了一個月，結果更堅定柳湘蓮退婚的決心。當柳湘蓮說出了要退婚的意思，徵求寶玉的意見，寶玉就不自在起來，態度很曖昧，弄得十分尷尬，最後不歡而散。後來，尤三姐聽說柳湘蓮要退婚，知道她和寶玉之間的紅線要斷了，徹底失望，只好對柳湘蓮玩了個自殺式襲擊，發洩心中的鬱悶，也把柳湘蓮送進了道觀。

尤氏兩姊妹都是寧府的親戚，為什麼都要削尖了腦袋往西院榮府裡鑽呢？這說明什麼問題呢？原來，滿清民族的這些隱憂，當然要透過他們控制的國家政權來解決。這些隱憂進入不了國家和政府，那就不是什麼隱憂了。二姐之憂是內閣輔臣之憂，找不到賈璉身上，這事就發生不了。至於三姐之憂，即臺灣之憂，原以為不會那麼容易，可能會等到太子當了皇帝才能解決，沒想到太子還沒即位，就藉助大明鴛鴦寶劍自行了斷了。我早就說過，寶玉就是模擬的廢太子，尤三姐不去勾搭寶玉，勾搭誰呢？可惜臺灣耐不住寂寞，沒有等到太子登上皇帝寶座，就玩起了自殺，害得寶玉失去了一個紅顏知己。

生於憂患，死於安樂。果不其然，尤二姐、尤三姐活著的時候，賈家風光無限。自打二姐三姐主動消失後，賈家每況愈下。王熙鳳開始有病裝沒病硬撐，刑偵隊查抄大觀園，夜宴發悲音，晴雯死，薛蟠娶河東獅吼，迎春誤嫁中山狼，香菱被打屁股……還好曹雪芹寫到八十回就撒手西去了。否則，讓我看見賈家分崩離析一路敗落下去，大雜院宿舍住著的靚女，一個個紅顏薄命，那不是想讓廣大的粉絲們更為失落嗎？

我們說完賈家，那大清朝怎麼樣了呢？自從康熙帝收復了臺灣，國庫就開始日漸空虛，國力漸漸衰退，盛世景象只剩外表的一點餘光。因為曹雪芹還沒寫到探春和親，就扔筆不寫了，所以清政府另一大憂患，外敵威脅還沒有消除。尤氏還活著，最大的憂還埋伏在滿清民族內部，所以我們從《紅樓夢》裡還看不到賈家的最後結局，也就無法對應大清朝的命運了。

第十一章

大觀園之櫳翠庵

——和尚摸得，我為什麼摸不得？

拜託，遁入空門不是射入空門

在大觀園這個大雜院裡，有一個很另類的人，她就是妙玉。妙玉住在櫳翠庵裡，是那裡的行政主管。櫳翠庵是個什麼地方呢？不說你也知道，庵就是佛教的寺廟，只不過不是和尚修行的場所，男人入不得，是女人出家修行的地方。這麼說來，妙玉就是一個尼姑。但妙玉這個尼姑很特別，她是一個長著頭髮的尼姑。出家做尼姑，先要剃光頭，因為頭髮又叫煩惱絲，剪斷了煩惱絲，才能不食人間煙火，才能開始修行。這也有個說法，叫剃度，意思你剃了頭髮，才能渡你到彼岸，成為佛家弟子。要不怎麼說，放下屠刀，立地成佛呢。明說了就是剛放下剃頭刀，剃去了頭髮，你就是佛家弟子了，入場資格和門票就這麼簡單和廉價。

清朝以前，除了當和尚和尼姑，所有人都是不許剃頭髮的，因為頭髮是父母給的東西，剃了就是對父母不孝，是大不孝，絕對不允許。到了清朝，政府才下令男人都剃去腦袋上周邊一圈的頭髮，核心的頭髮是不能動的。女人更不允許剪髮的，如果兩個女人撒潑撕扯，最高等級就是互相抓扯頭髮，要是能拔下一綹頭髮，就是對對方最大的侮辱和打擊，可見頭髮多麼重要。理了髮，剃個光頭就是佛家弟子；不剃光頭，就是個俗人。

剃光頭髮對佛教來說十分重要，唯獨妙玉是個例外，她留了一頭烏黑亮麗的長髮。曹雪芹曾經安排推薦妙玉的人爆料，妙玉其實並不想出家當尼姑，只不過是因為從小得了一種疑難雜症，連包治百病的祖傳祕方也治不好，只有躲到庵裡生活才能保住小命。由此可見，妙玉並不是真心想修練成佛的，而是藏在尼姑庵裡躲災來了。

妙玉這樣的一個潛伏在尼姑隊伍裡的黑髮女郎，是怎樣混進賈府大雜院的呢？這還要從修建大雜院的目的說起。賈府修建大雜院，是為了迎接元春貴妃回娘家度假，招待元春貴妃休息的花園別墅。

擔負著如此重大的招待任務，大雜院就必須建得風景優美，漂亮異常，各種建築都要有，櫳翠庵就是其中的景點之一。既然有了尼姑庵，怎麼也得弄幾個尼姑來裝裝樣子才行，所以賈家就到江南買了幾個漂亮的小女孩，剪去了頭髮，安排在裡面充數，領頭的就是妙玉。

元春貴妃回娘家待了一會兒就走了，大雜院空了下來，小尼姑們完成了任務，也就被重新安置到了城外的尼姑庵。後來賈府管理階層考慮到大雜院閒著也是閒著，資源白白浪費，就把它改造成了女子宿舍兼國家高等女子學府，賈家的女孩子們都搬了進來，在這裡讀書學習，寶玉也趁機混了進來。

賈老太太是個喜歡冒充善人的人，覺得櫳翠庵空著，沒幾個尼姑在裡面敲敲打打地唸經，顯得對佛祖心不誠，於是，就有人趁機推薦了妙玉。賈老太太也沒把妙玉沒剃光頭這件事當回事，心想反正是裝個樣子，糊弄糊弄菩薩，也就同意請妙玉到櫳翠庵主持工作。妙玉就這樣成了櫳翠庵的一把手，級別大小也算大雜院的中層幹部，跟黛玉她們一個級別。當然，享受的待遇還是不一樣的，畢竟身分不同。

妙玉當了櫳翠庵的主管，生活好像也沒有佛家化，穿著打扮一派有水準女人的作派。關於她的生活狀態，《紅樓夢》裡爆料太少，據後來自稱與妙玉當了十年鄰居的邢岫煙八卦，說妙玉是個「僧不僧，俗不俗，女不女，男不男」的人，足見其另類和生活的尷尬。妙玉在大雜院裡上鏡次數不多，但絕對是個明星，人氣指數非常高，在十二大女巨星排行榜上，排名第六，力壓紅遍天的王熙鳳。妙玉第一次入鏡，也是她戲最多的一場，就是劉姥姥到大雜院裡旅遊，賈老太太安排旅遊團到櫳翠庵喝茶那次。妙玉演技非常高超，搶盡了風頭，成為那場戲絕對的主角，把她的性格和人生觀，展現得淋漓盡致，讓我們對她有了一個全面深刻的認識。

說實在的，看了這場戲，我總是覺得妙玉不應該是個尼姑，從舉止作派和生活習慣上看，更像一個隱士，或者像一個道家的道姑。這樣來看，矛盾就出來了，既然是隱士或者道姑，怎麼跑到尼姑庵裡來當了領導呢？果真如此，曹雪芹這樣安排到底有什麼用意呢？帶著這個問題，我們不妨重新走進《紅樓夢》裡，找找蛛絲馬跡，看看有沒有檢舉揭發的材料，找到偵破此謎案的線索。

老輩也是大戶人家

據線人爆料，妙玉也是出身大戶人家，書香門第，官宦家庭，祖輩也是當過官的。由於某些說不出口的原因，妙玉才躲進了尼姑庵當了尼姑。我們上一節已經對妙玉在櫳翠庵的真實身分提出了懷疑，這一節，我們就集中精力排查線索，力爭偵破此案。

曹雪芹寫的賈家就是家天下，而且寫的是大清康雍乾三世，尤其以康熙朝為主。那時候，國家對道教和佛教的管理，一直很嚴密，有著比較嚴格的規定和管理機構。妙玉生活在大雜院的寺廟裡，在賈家家天下中，其實代表了宗教管理。妙玉，廟宇，從名字上我們就能看出。儒釋道三教中，儒教不用說了，道教和佛教一直是放在一起管理的。所以，妙玉就是儒釋道三教的化身，自然給我們的感覺像個尼姑，又像個隱士，還像個道姑。故而在介紹妙玉的來歷時，說她出身書香門第，官宦世家，也在暗示我們，儒釋道三教歷史都很悠久，都是大有來頭的。

儒教除了孔廟，一般不設廟宇，政府的辦公樓，學校的教室，家庭的正堂，都是儒教的廟堂。儒教是國家的官教，無處不在，不拘廟宇，所以在政府當官，又叫居廟堂之高。妙玉的隱士之風，是對儒教的影射，她的名字妙玉，暗含佛教的寺廟和道教的道觀。其實妙玉的這個名字，一點不像佛教徒的法號，倒有點道號的意思。行為舉止，也是一個道姑的作派，這樣看來，妙玉原來是個儒釋道三棲明星，怪不得出場不多，人氣卻如此之旺，排名那麼前頭。

妙玉既然是廟宇的化身，讓我感覺就是國家委派的管理宗教事務的官。以儒家的身分，管理道佛兩教。天下的和尚道士，尼姑道姑，寺廟房產，都歸她管轄，所以做個法事，燒個香許個願，也都走她的後門。很有趣的是她調到京城來工作前的生活，那時候妙玉和邢岫煙是老相識，認識十多年了，邢岫煙對她的印象還不大好。這很有意思，為什麼曹雪芹要安排她倆是鄰居，是老相識，而不是別人呢？原來，邢岫煙的名字岫煙是山谷裡的青煙的意思，指代的是天下山川美景。而廟宇一般都建在景色優美的山川裡，所以她倆是老相識就再自然不過了。

天下名山美景，大多數都被和尚和道士的寺廟給佔領了。直到今天，我們出門旅遊，只要到了一個自然景點，一般都能看到大小的廟宇。道教的廟和佛教的廟，很好區別，凡是裡面有和尚尼姑做導遊的，就是佛教的地盤；凡是道士和道姑在裡面走動的，就是道教的天下。凡是供著觀音菩薩、如來佛、彌勒佛等佛像的，就是佛教的寺廟；但如果你看到土地爺、關二爺、玉皇大帝、財神爺等神像，就是道教的廟宇了。

道教來源自於老莊思想，是本土宗教，佛教由印度傳來，是外來宗教。後來這兩種宗教結合在一起，讓人很難分清誰是誰了，直到今天，你到很多人家的香案上看看，都會發現他們把觀音菩薩和財神爺供在一起，給觀音菩薩燒香，也給財神爺燒香，成了佛道兩家聯合經營的集團公司了。尤其是到了年節，就會出現一個有趣的現象，供著觀音和財神的香案上，既供著佛祖菩薩喜歡的水果，還擺著巴結財神的公雞鯉魚，案上點著香，地上燒著紙錢。好在沒聽說過菩薩和財神為此打起來，看來都是睜一隻眼顧自己的那份，閉一隻眼不看別人的，井水不犯河水，各得其樂。

在古代，除了儒家文化，對人們生活影響最大的就是道教和佛教。大清朝入主中原，想要實現對漢民族的全面統治，就少不了要尊重漢人的文化習俗和宗教信仰。所以做為國家管理者的清政府，必須要容納道教和佛教，這就為妙玉入主大雜院裡的櫳翠庵提供了難得的機會。道佛的身影，在《紅樓夢》裡隨處可見，而且整本書也是以一個瘸腿道士和一個疤瘌頭和尚，兩個瘋瘋癲癲的人物為線索的。

妙玉最出彩的演出也就那麼兩三次，接待賈老太太陪劉姥姥到櫳翠庵來參觀，是最熱鬧和隆重的一次。那一次活動中，賈老太太很給妙玉的面子，知道眾人都吃了酒肉，怕燻著了殿裡的菩薩，就沒到裡面去坐，領著眾人在東廂房裡喝了杯茶就走了。這個細節，意在說明從古到今，歷朝歷代都是很尊重道教和佛教的。賈老太太前面怕衝撞了菩薩，是對佛教的誇獎，後來對妙玉說自己不喝六安茶，妙玉回答說，知道她只喝了老君眉，是暗暗對道教的獎勵，因為太上老君就是道教的鼻祖。

在賈老太太和妙玉這第一次接觸中，感覺兩個人一見如故，說話隨意自然，一點陌生感都沒有，妙玉連賈老太太喜歡喝什麼茶都非常清楚，讓人感到很奇怪。其實，瞭解賈老太太的身分後，就沒什麼奇怪的了，賈老太太是歷史的化身，中國歷史很長時間就是伴隨著道佛兩教一起走過來的。賈老太太既然是華夏歷史的代表，更喜歡道教就自然而然了。

妙玉的宗教廟宇身分，使她的行為有異於常人：僧道，男女，還夾雜著隱士之風。

潔癖是噁心的怪癖

很多人對妙玉的潔癖頗有微詞，不就是個尼姑，也太牛了吧！人家劉姥姥從鄉下跑到京城來看望大家，連賈老太太都陪吃陪喝陪遊陪玩，整個賈府上下誰不給面子，偏她妙玉不買帳。愛乾淨可以理解，但劉姥姥用她的茶杯喝了口茶，洗洗消消毒就是，為什麼非要把茶杯扔了呢？也太不把劉姥姥當姥姥了。

妙玉自嘲地給自己取了個外號，叫「檻外人」，經常用這個名字發文，意思是我是生活門檻外面的人，弄得連黛玉這樣的詩詞教授，博學鴻儒，也不知道怎麼對應回文了。這個檻外人名字，只是透露出妙玉生活在紅塵之外，但具體是隱士、道士還是和尚，並沒有說。不管怎麼說，反正不是世俗中人。這個倒是貼切她的身分，廟宇。無論是道教還是佛教的廟宇，我們都把它吹捧為清靜之地，不能忍受俗世紅塵滋擾。既然妙玉是廟宇的化身，那她有潔癖就太對頭了，沒有潔癖反而倒不像清靜之地了。

順著這個思路往下想，我們回過頭來再看看她對待劉姥姥用她茶杯喝茶的態度。妙玉專門挑了一個傳統木雕托盤，裡面放了一個陶瓷小蓋杯，泡了一杯老君眉茶給賈老太太喝。賈老太太問是什麼水泡的茶，妙玉回答說是過去幾年積攢下來的雨水。賈老太太喝了半杯，把蓋杯給了劉姥姥，讓她也嚐嚐，劉姥姥一口喝完，說味道不錯，就是太淡了，要是再濃一些就好了，意思是茶葉放少了。就因為劉姥姥用過這個杯子了，所以妙玉要把杯子砸了扔掉，最後是寶玉講情，把杯子送給了劉姥姥。雖然妙玉代表了廟宇，但僅僅因為劉姥姥是鄉下人，就玷污了她茶杯嗎？顯然不這麼簡單。用的托板和茶具全是傳統的民族品牌，喝的是代表民族傳統文化的茶水，其中的茶葉還是象徵道教的老君眉，用的水是往年的雨水。賈老太太代表的是上千年的皇權歷史，劉姥姥代表是上千年的底層草根百姓。賈老太太和劉姥姥同時現身廟宇，用同一個茶杯品嚐同一碗茶，難道僅僅是一個巧合嗎？當然沒有人相信了。其實這是一次皇權和草根百姓之間，關於道教歷史作用和地位的大討論。

雨水對一個以農耕文明為生存基礎的國家來說，那作用實在太大了，風調雨順才能五穀豐登，國泰民安；乾旱洪水就會造成災害，草根百姓就會鬧飢荒，國家就會動盪不安。無論對鞏固政權還是百姓生活，都是至關重要的大事，要不怎麼說民以食為天呢。賈老太太能和一個鄉下劉姥姥坐在一起，說明這個事情已經非常嚴重，驚動了朝野上下。這次聚會櫳翠庵，肯定是當時全國遇到大旱，政府和百姓聯合祭天祈雨。祭天祈雨是什麼意思呢？就是給老天上供，巴結老天給下點雨。祭天祈雨是國家重大的儀式，並不是什麼人想做就能做的事情。在幾千年的古代社會裡，能呼風喚雨的宗教，只有道教，也就是說，只有道教才能完成祈雨這個工作。

祭天祈雨這麼大的工作，當然由妙玉分管的道教廟宇來完成，劉姥姥一口喝光，說茶水味道淡了，顯然是批評妙玉的工作不力。妙玉聽了顯然不高興，偷偷拉著黛玉和寶釵跑到私密處單獨品茶，也就是找個場合，在小範圍內舉行更高級別的祈雨儀式。這樣的事情當然少不了政府參與，所以做為模擬太子的寶玉，就跟著去湊熱鬧。這次祕密儀式，妙玉拿出的什麼本事，是後話，我先說一說和劉姥姥有關的話題。就在他們私下活動的時候，妙玉決定把劉姥姥用過的茶杯扔掉，寶玉代表政府求情，把茶杯送給了草根百姓。

品茶暗示的是一種宗教儀式，茶杯就是祈雨的法器和方法。妙玉是代表政府來做這個工作的，竟然連草根百姓都掌握了這種方法，那不就是小看她了嗎？她當然會認為這是一種玷污，肯定要扔掉不用，另找新的辦法。寶玉做為政府的代表可能會考慮到，這個辦法既然老百姓也會了，那就把這法器送給百姓，讓老百姓自己去用，也是一舉兩得的事情。妙玉考慮的是本部門的利益，寶玉考慮的是政府的利益。

同時，寶玉考慮到劉姥姥的到來給櫳翠庵造成了污染，自告奮勇安排人用清水把櫳翠庵洗刷一遍。事後，他派了很多工作人員，挑來很多水，妙玉都讓他們放在了櫳翠庵的門外，好像怕那些工作人員再弄髒了地面。這件事，看似再一次側面寫妙玉的潔癖，潔癖得讓人噁心，其實不然，這是政府在幫忙維護廟宇的地位，為的是清除草根百姓對這次祈雨活動施加的影響。同時也看出了妙玉的工作能力，藉助政府的影響，在部門內部自己來做清洗工作，而不讓政府插手。

曹雪芹把祭天祈雨這麼大的事情，只用喝茶聊天這樣的小事情輕描淡寫地曝光出來，淡定從容，談笑間茅草灰飛煙滅，真是大手筆。

有情調才會調情

誰也不能說妙玉是個沒有情調的人，她很有品味、很有水準，是一個上等級的女士，而且等級相當的高。

劉姥姥抨擊她的茶水太淡了的時候，她一言未發，顯出不屑一顧的神情，而是拉著黛玉和寶釵去雅室裡品茶。妙玉為什麼單單邀請她兩人，而沒有邀請別人呢？而寶玉是不請自來的，不算數。你道黛玉和寶釵是什麼人？都是鴻學巨儒。黛玉是儒林大家，寶釵是學界泰斗。妙玉邀請兩個大知識分子，是在彰顯自己的境界：談笑皆鴻儒，往來無白丁。

儒林學界和道佛兩教，很早就稱兄道弟，來往密切，扯絡不清。文人雅士的退隱山林，就是跟著道教學來的，還有什麼訪道談禪，求僧問佛，說的都是知識分子和佛道之間的應酬唱和，顯示彼此的脫俗灑脫和格調高雅。就像有名的蘇東坡和法印的故事，兩人面對面坐著，彼此笑話對方俗氣，蘇東坡說他眼裡看到一堆牛屎，法印說他眼前是一片佛光，大意是什麼人看見什麼，說你蘇東坡是個學問家，學問就是狗屎，所以你滿眼都是屎；我是得道高僧，我的眼裡，天下萬物都是佛。兩個貌似高雅的自大狂，你來我往，自以為一個比一個高明，說出的話一個比一個驚天動地。其實要我看，這樣的文字遊戲，還不如腦筋急轉彎，比廢話還浪費版面空間。

妙玉邀請黛玉、寶釵兩位知識精英品茶論道，大概也是想效仿蘇東坡和法印的糗事，和她倆比試一下誰更高明，誰更超凡脫俗。果然，黛玉這個酸士腐儒就中了妙玉下的套兒，讓她跳進了妙玉挖好的坑，遭到妙玉的冷笑。黛玉一看自己糗大了，尷尬地說不出什麼，只好拉著寶釵，落荒而逃了。

妙玉自詡為世外高人，用的東西當然也要講究品味，她在黛玉和寶釵面前，好一陣炫耀，為了顯示自己的高調，她給兩人泡茶的茶杯，好像都是上千年的老古董。可是這樣的老古董不知道有多少人手摸嘴親的，她們一個個都不嫌髒，還以為那才是情調和品味。看來，越高雅其實越低俗，遠不如田間地頭的老漢用豁了口的大碗端來的茶解渴。說到這裡，我就想起妙玉笑話寶玉喝茶的話來。

這次品茶，妙玉和寶玉的情調，倒還有點小趣味。寶玉尾隨她們進了雅間，開口就說：「好啊，你們躲到這裡偷著喝體己茶，也不叫我。」當然，只有寶玉有資格不受邀請就敢和她們玩跟蹤，也只有寶玉能說出那麼俗氣的話來。

妙玉見了寶玉跟蹤而來，心裡暗暗地偷著樂，那點矜持和嚴肅勁，早就土崩瓦解了，儘管臉還用力地繃著，但一開口，女兒喜就全都表現了出來。她和寶玉說話輕鬆隨意，一點男女授受不親留下的後遺症都沒有。妙玉給黛玉、寶釵泡茶用的都是千年老古董級的茶杯，而給寶玉泡茶，卻用的是自己平常用的茶杯。這個看似不經意的舉動，實際大有深意，可惜寶玉竟然沒有體會到，還大談什麼平等，意思是你看她們都高雅人物，卻把我當成了俗裡俗氣的大俗人了。寶玉附庸風雅慣了，怎麼能受這樣的待遇，當即就提出了抗議，結果又被妙玉挖苦了一頓，笑話他無知。內心更是對他體會不到自己的一番情意感到生氣，於是就有了下面一番牛飲的論調。

妙玉給寶玉找了個大碗，要笑他能不能喝一大碗，當寶玉表示決心似地堅決回答「能」以後，妙玉又用了古人的論調，嘲笑寶玉說品茶一杯是品，兩杯是蠢物解渴，三杯就是飲毛驢了。你看，人家妙玉笑話人都引經據典，是不是夠高雅和等級了？什麼是情調，大概妙玉認為這就是情調了。

不過我卻從這些情調裡，慢慢品出了調情的味道。妙玉那麼一個清高傲慢的人，竟然和寶玉眉來眼去，把裝了很久的嚴肅都扔到了屁股後，確實有點令人丈二和尚摸不著頭腦。破解這個謎題，還需要從彼此兩人的身分來下手。妙玉是負責廟宇事務的官兒，寶玉是模擬太子，政府的未來掌權人，屬於上下級關係，有點勾連牽扯，也屬於工作範圍的事情。妙玉需要寶玉太子撐腰，寶玉太子需要妙玉的支援，他們之間的關係，自然就不比和黛玉、寶釵之間的來往，搞點風雅趣事，炫耀一下自己的品味了。他們之間，只能是工作管理這類俗之又俗的事務。佛門清靜，也是吃飽喝足睡大覺那一會兒的清靜，所謂大雅必大俗，說的再對不過了。

妙玉的情調，不過是宗教在眾生面前裝出的姿態，就像有水準的女人們，裝的再像，也免不了有打嗝放屁這些俗得不能再俗的事情。弄出一點所謂情調，不過是自我安慰一下，滿足一下寂寞無聊的心罷了。

還俗？俗

古人講究修身養性，齊家治國。好像不把這些事掛在嘴上，自己就是地痞流氓似的，不僅讓別人看成人品有問題，還會受到打擊排擠。儒釋道三教，都被當成人們修身養性的工具。儒家的禮樂，道家的隱逸，佛家的因果，都是教給人們怎麼做人，怎麼做個老好人的。

妙玉雖然身居佛門，卻心繫老莊，尤其喜歡讀莊子的《逍遙遊》，自視高潔孤傲，冷對世間冷暖。她在櫳翠庵裡種了一院子的梅花，就是以梅花自喻，表現自己品性高潔。這和黛玉瀟湘館的竹，寶釵滿園的香草，相映成趣。所以妙玉與黛玉、寶釵、寶玉四人的品茶，其實就是一堂人生道德品質課。

寶玉的院外栽了不少松樹，好像在誇獎他像松樹一樣挺拔高貴，其實是幻想他們的政權萬古長青。古人的陰陽理論，就會玩這一套，嘴上說的一回事，心裡想的是另一回事。

古人說松竹梅是「歲寒三友」，做人的目標就是向它們學習，以它們為榜樣，要像竹子那樣高風亮節，像梅花一樣潔心淨身，像松樹那樣挺拔長青。不僅如此，妙玉又請來了寶釵這棵香草，用蘭花比喻人清靜淡雅的品質。松竹梅蘭組團登場，怪不得古人個個都貌似品相高雅，人格高尚，原來全是被糊弄的找不著了。

若論人生修養，其實這四個人都不可學。黛玉的不可學，不說她性格如何，單就她代表的儒家文化，雖然一再強調像竹子一樣高風亮節，實際上只是裝作有氣節賺取人氣，贏得選票，骨子裡不過是為了升官發財，謀取私利。難怪曹雪芹要讓黛玉從娘胎裡出來就患有重病，原來是說儒林已經病入膏肓了。

寶釵圓滑世故，性格雖然有可取之處，但也不算什麼人品高尚。她做為學界教育界的化身，自比蘭花那樣純潔清廉，實際內裡已經污濁不堪，腐敗墮落，教育出來的，哪是人才？全都是奴才，泯滅人性，喪盡天良。這一惡行，曹雪芹也用寶釵有暗疾，透露給了我們。

寶玉雖然以松樹精神自我安慰，不看寶玉的德行，單說那松樹的寓意，不過是癡心妄想手裡的政權和榮華富貴萬古長青，也太貪婪了。

妙玉自比梅花，意思是我梅花香自苦寒來，我能抗得住嚴寒，人家春天開花，我偏別出心裁，冬天就開。人們都在庸俗世界裡有滋有味、熱熱鬧鬧地投身生活，把日子過得熱鬧精彩，我偏出世隱遁，耐住寂寞冷清，還嘲笑世人庸俗污濁。這正是道佛這兩個宗教鼓吹的東西，表面好像勸人們行善積德，進入更高境界，其實不過是悲觀失望，消極避世的一種無奈。這種心理，難道不是對可貴生命的一種浪費嗎？還俗，俗；不還俗，說穿了其實更俗。

在世人的俗和妙玉的雅之間，也曾有一次有趣的連結，紐帶就是不俗不雅的寶玉。有一天下大雪，大雜院裡的女生們寂寞無聊，就聚會喝酒取樂。酒桌上，李紈大嫂這個大俗人，忽然想附庸風雅，妝點妝點門面。她這樣的俗人，可以算是俗到家了，骨子裡反而瞧不起所謂高雅的人，她自然不能放下架子去妙玉那裡求她給折幾枝梅花。於是她就請寶玉代替自己去找妙玉要幾枝梅花。果然，寶玉來到櫳翠庵後，妙玉立刻裝出了清高孤傲的表情，不向世俗權貴低頭，拿足了架子就是不給寶玉。寶玉站在雪地裡，低三下四地央求了一番，她才折了一枝送給寶玉，可見，表面無論裝的如何冷傲，內心不過是為了提提身價，增加點籌碼，最後還得向權力低頭，討好權貴。

妙玉雖然口口聲聲說自己是世外之人，不向世俗低頭，不巴結權貴，有一根俗人沒有的傲骨，很多人都信以為真，大加讚賞，其實哪裡是什麼傲骨，不過是跟常人一樣媚骨罷了。你看她跟寶玉那些看似高雅脫俗的往來，又是送來署名檻外人的祝賀生日文，又是送給寶玉一瓶子梅花，又是讓寶玉用自己的杯喝茶，不都是在討好巴結寶玉嗎？只不過換了種方式，形式看上去高雅好看些。很多人羨慕妙玉是寶玉的紅顏知己，好像兩人之間比純淨水還純，其實那不過是皇權和宗教之間互相利用，狼狽為奸的一種巧妙的偽裝。

人的品德修養，就是一種人生觀培養，可別學什麼松竹梅蘭，那是對植物的侮辱，也是無聊的扯蛋。植物為自己的生命而活著，怎麼個活法，完全根據環境的需要，是對環境的適應。再怎麼活，也不是為了給自私自利的人類做人生修養的教科書。熱愛生命，過好自己的日子，比什麼都強。

第十二章

大觀園之桐剪秋風

——二奶奶，老爺們都潛伏了

二爺有點妻管

姥姥來看我了嗎？

賈家榮寧二府的女人們，最為風光的大概就數王熙鳳了。出場次數多，上鏡率高，演技出眾，經典的片段層出不窮，是整個《紅樓夢》劇組裡絕對的大主角。她在榮府的身分，是賈赦的兒媳婦，王夫人的內侄女，同時又是幫助王夫人管理家務的助理管家。

王熙鳳這麼重要的一個人，在曹雪芹的家天下裡，扮演了一個什麼角色呢？我們知道，在榮府這個小政府裡，賈老太太是孝莊皇后的化身，也是皇權歷史的代表，賈赦是司法代表，賈政是康熙帝。因為皇帝是根據大清律例繼承而來，所以賈赦是哥，在先；賈政是弟，排後。

王夫人是滿清王公的象徵，是皇帝政權的基礎。賈璉是內閣衙門的化身，有著承上啟下的作用，這個部門是根據法律規定設立的，所以是賈赦的兒子。但內閣是聽命於皇帝的，故而賈璉對賈政負責。王熙鳳內閣大臣的化身，必然要給賈璉當老婆，內閣大臣都是由滿清王公擔任，所以王熙鳳是王夫人的內侄。理清了這些關係，我們就知道了，王熙鳳其實是索尼、索額圖等的代表。尤二姐之憂，由王熙鳳幫助解決，就暗示我們，康熙除鼇拜，離不開索尼的支援和索額圖的參與。

至於寶玉口銜之玉，就是象徵他的太子身分。康熙要報答索尼一家對他奪回皇權的支持，在太子未出生時，就親口答應索尼和索尼的孫女赫舍裡，只要她生的是男孩，就立為太子。也就是說，寶玉尚未出生，太子地位已定，故而銜玉而生。

劉姥姥來看王熙鳳，引出了很多精彩的故事，尤其她在大觀園的旅遊，由賈老太太親自做陪當導遊，成為《紅樓夢》裡最為精彩的重頭戲。劉姥姥這個看似無關緊要，偶爾來探望親戚沾點光的小百姓，對王熙鳳乃至整個賈府，都有著不可忽視的影響。劉姥姥是黃河的象徵，河水又被喻為百姓，水能載舟亦能覆舟，百姓安穩的時候，是皇權穩定的基礎，百姓造反時，就是洪水氾濫，皇權也就會被顛覆。故而劉姥姥遊歷大觀園，既拘謹又放肆，與黃河和草根百姓的特點，完全吻合。劉姥姥的名字就是流的潦了，既比喻黃河，又比喻百姓。她的小孫子叫板兒，就是百兒，百姓的後代。

有趣的是劉姥姥到賈府，是來找王熙鳳的，是來討生活的。為什麼單單要找王熙鳳呢？因為跟王熙鳳是親戚，是王熙鳳娘家人的娘家人，劉姥姥是王家的一個媳婦的娘家媽。劉姥姥的女婿與王熙鳳父母雖然沒什麼血緣關聯，但畢竟是同宗，因為這點關係，就來投靠王熙鳳了。這關係說的再明確不過，滿清王公貴族們打下了天下，百姓都在滿清政權統治下，所以劉姥姥的女兒就嫁給了王家。時間久了，王公貴族們不關心百姓生死，百姓們活不下去了，自然要來找政府討個活法。而王熙鳳是內閣大臣的化身，不找她找誰呢？

劉姥姥兩進大觀園，暗示當時發生過兩次大的洪災，政府兩次的賑災情況。第一次可能規模小，情況不嚴重，所以給點東西，撥點銀錢就打發了。第二次可能要嚴重得多，波及影響到了整個的皇族生活，一度給太子帶來了不好的影響，所以發生了劉姥姥醉臥寶玉床上大睡的情節。洪災發生的時候，牽扯到了儒林代表的漢民族、外敵、學界舉子們代表的地方官和宗教等各種勢力，政府可能時刻關注它們的反應。為此，賈老太太領著劉姥姥到林黛玉的瀟湘館、探春的秋爽齋、薛寶釵的蕪蘅苑，吃完飯後又專門到妙玉櫳翠庵喝茶。這個時刻，漢民族的態度和外敵的動靜最重要，賑災少不了依賴那些學子的地方官，大宴劉姥姥就是開設粥棚，救助災民，也許是災民太多，如同蝗蟲一樣，也暗指黃河氾濫像蝗蟲一樣吞噬國家經濟，故而有黛玉「攜蝗大嚼圖」之說。吃完飯去櫳翠庵喝茶，實際是寫的朝廷與百姓一起祭天的過程。

這些事情當然不是高潮，最熱鬧的是接下來的事情。劉姥姥一場宴席吃的肚子拉稀，好不容易找到了茅房，出來又找不到回去的路，不知怎麼鑽到了寶玉的房間，躺在他的床上呼呼大睡，打嗝放屁，最後弄得臭氣沖天。害得襲人們打掃了大半天，燒了幾捆子香，才算弄得清爽。

寫這個事可不是曹雪芹為了湊趣逗樂玩，這事是大有背景的。原來，洪災發生後，太子曾經負責賑災救災工作。太子府的人利用這個機會，大肆收受賄賂，非法扣減政府救災款，當時曾引起不小的震動。朝野對太子都頗有微詞，後來康熙被迫改換漢人輔佐的四皇子負責這項工作，才算平息了這個風波。劉姥姥喝醉誤入寶玉臥室，說的就是太子因洪災獲罪。

劉姥姥遊大觀園，細節很多，都很有趣。例如黛玉專門給劉姥姥敬杯茶，是表現儒家文化對黃河、對百姓的尊重；看到探春房間的空曠，是暗示邊陲大草原的遼闊；板兒抓起探春房間的佛手就要吃，暗示百姓飢餓，搶奪外邦貢品；寶釵房間的樸素，是寫學子出身的地方官們的安於清貧。這樣的細節很多，我就不一一解釋了。劉姥姥離開賈府回家，弄了滿滿一車東西，那就是政府災後重建的救災物資和救災款。接待劉姥姥，是王熙鳳重要的工作，也是內閣重臣的任務，王熙鳳這次接待工作做得非常好，給賈老太太和大雜院裡的眾姊妹，帶來了很多的歡樂。

二爺有點妻管嚴

賈璉是賈府裡重要的人物，之所以重要，是因為他娶了王熙鳳做老婆。他這是妻貴夫榮，現在的說法，有點吃軟飯的味道。

他確實怕老婆，在家裡對王熙鳳言聽計從。這也難怪，賈璉沒啥本事，買了個小官，也當不下去，只好待業在家，幫老婆打理家務，跟著老婆混碗飯吃。拿人家手短，吃人家嘴軟。老婆手下討生活，不由得賈璉不低頭。這是客觀的原因，還有一個原因，就是他老婆王熙鳳太厲害了。腦子好使，反應特別快，嘴巴像刀子，絕不饒人，做起事來，乾脆利索，一點不拖泥帶水。好在他對賈璉還很好，兩人很有感情，這一點，從賈璉出門，她眼巴巴地望著，什麼事都想著，就可以看出來。王熙鳳雖然對賈璉嚴密盯防，但賈璉還是趁機會找了一個漂亮的女人，娶了賈珍的小姨子尤二姐，做了小妾。

賈璉這套包情婦的把戲，怎麼能逃過王熙鳳的法眼，她略施小計，就把內幕徹底給挖掘了出來。單憑王熙鳳的釀醋專家出身，絕不會輕易放過這事，但她沒有像其他的女人那樣，先去找情婦打上一架，扯頭髮抓臉皮，然後捉回自己的老公，一哭二鬧三上吊。而是先和平兒仔細商量了一個辦法，趁賈璉外地出差辦事不在家，親自找到尤二姐，好話說盡，把尤二姐騙進了家裡。並且還弄得很排場，讓尤二姐從心裡感謝她。

王熙鳳接下來的安排才開始顯山露水，玩弄起惡毒的手段來。她命人買通二姐的前任未婚夫，狀告賈家拐騙良家婦女，藉此敲詐了尤氏大嫂一筆銀子，還迫使賈珍出面擺平了這事。把尤二姐的名聲搞臭，這是第一步。事有湊巧，這時候賈赦又把自己用煩了的一個情婦秋桐，獎賞給了自己的兒子賈璉。王熙鳳雖然心中不滿，但她卻看到除掉尤二姐的機會，於是她就玩了一個借刀殺人計，挑唆秋桐與尤二姐大幹了一場，直接把尤二姐拍暈在床，這是第二步。尤二姐被拍倒，鬱悶透頂，從此病倒，王熙鳳又暗地買通一個醫生，用墮胎藥打掉了尤二姐肚裡的孩子，令尤二姐徹底絕望，只好吞金自殺，這是第三步。透過這三步，王熙鳳徹底把尤二姐清了盤。

這件事，是王熙鳳一生做的影響力最大的一件事。把這件事放在曹雪芹的家國版圖裡看，就是少年康熙除鼇拜的場景再現。我們前面說了，賈璉就是內閣的代名詞，王熙鳳等老婆情婦，當然就是內閣大臣們。康熙年少時雖然繼承了皇位，並沒有直接執掌皇帝的大權，而是由四個內閣輔政大臣把持了朝廷的權力。開始是索尼任首輔，後來索尼死後，鼇拜任首輔，除了鼇拜，廢除了輔臣制，索尼的兒子索額圖，一直佔據著內閣大臣老大的位置。

所以賈璉的幾個老婆，王熙鳳排第一，就是索尼、索額圖勢力的代表。索尼父子與孝莊皇太后關係最為密切，是康熙皇帝的最大支持者。康熙之所以能夠除掉鼇拜，很大程度上是仰仗索尼父子的鼎力支持的。從這點我們就不難看出，賈老太太為什麼那麼喜歡王熙鳳二嫂了，也就不難明白，為什麼王熙鳳二嫂非要置尤二姐於死地了，因為尤二姐是輔臣之憂，也就是鼇拜篡權之患。王熙鳳二嫂和秋桐情婦聯手掐死了尤二姐，就是康熙帝藉助索尼父子和魏東亭等小庫布們除掉鼇拜的過程。

王熙鳳一直控制著賈璉，是賈家的當家人物，她對待寶玉，也是真心地疼愛，這不僅是為了討好賈老太太和王夫人，也是在培植自己的勢力。她心裡非常清楚，寶玉就是她一手扶持起來的賈家未來接班人，只有照顧好寶玉，讓寶玉順利地成為賈府的掌門人，才能確保她在賈家的地位，確保她的榮華富貴。

在康熙時代，索家勢力一直把持著內閣，雖然索額圖的地位比他老爹索尼在內閣中首輔大臣的地位差遠了，但索額圖的權力卻比他老爹的權力好使得多，也比他老爹更當家。原因是索尼雖然是首輔大臣，但四個首輔大臣形成了三股勢力，互相牽制，同時還要受到孝莊皇后的制約，所以一般不敢輕舉妄動。而索額圖則不同了，內閣只向康熙一人負責，索額圖做為滿清王公貴族，又對康熙奪回皇帝大權出了大力，所以康熙帝非常信任他，很多內閣大權都交給了他。這與王熙鳳在賈府中的地位，互相對應。

回到曹雪芹的《紅樓夢》裡，賈璉與王熙鳳兩口子之間的事情，也是很有意思。賈赦突然賜給賈璉一個小妾秋桐，賈璉喜歡得不得了，立刻和她打得火熱。王熙鳳二嫂雖然心裡也吃醋，但她對秋桐並沒有怎麼樣。因為那個秋桐就是魏東亭的化身，王熙鳳不能得罪，那是皇帝的貼身紅人。

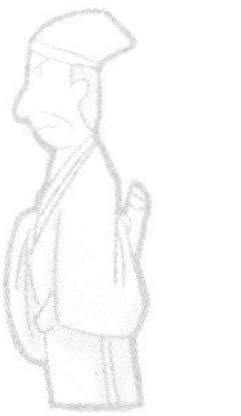

下課？肯定不是粉絲的呼聲

王熙鳳曾多次揚言，讓賈璉休了她，意思是可以讓她下課。顯然，這是一種姿態，也是一種要脅。賈璉不僅不敢休了她，還怕她踹了自己。讀者可能會納悶，榮府的家務管理是王夫人當家，她的內侄女王熙鳳給她當助理，賈璉給王熙鳳當助理，表面看也很公平，賈赦賈政兄弟兩家各派一個代表，各佔了二分之一股權。只不過是王夫人當了總經理，王熙鳳當了副總。

有人就會問，既然是兩家聯合經營，為什麼不是邢夫人和王夫人一起掌權，邢夫人是老大，理應她佔先才對。可是她卻靠邊站，於情於理好像都說不過去。沒辦法，曹雪芹沒有給出理由，上來就這麼安排好了。這就給人一個感覺，好像王家娘倆篡奪了榮府的管理權一樣。

在賈赦那邊，王熙鳳是兒媳婦，在賈政這邊，她又是內侄女，腳踩兩條船，兩邊都不落下。她管理榮府的內務，應該是沒的說，要水準有水準，要能力有能力，管理的井井有條，全面周到。當然，王熙鳳也有自己的短處，除了性格潑辣張狂外，沒文化不識字，是個文盲，所以有時候一些帳目看不懂，還要讓黛玉等人幫忙看。我一直納悶，王熙鳳的娘家是貴族官宦之家，有名的四大家族之一，王熙鳳小時候怎麼沒有讀過書認識幾個字呢？不僅是她，她的兩個姑姑王夫人、薛姨媽，同樣不識幾個字，好像王家不允許女孩子讀書識字一樣。這就奇怪了，越是王公貴族公卿豪門，越是講究讀書，弄個書香門第裝裝有學問的樣子。男孩女孩都要唸幾天書，識幾個字，不圖科舉做官，只怕出門被人笑話。要破解這個謎團，也必須拋開書本，到書本之外去尋找答案。

王熙鳳的名字，很簡單，一看就知道什麼意思，王家興盛的鳳。鳳是什麼？百鳥之王，而且除了皇后，一般人是不能隨便稱為鳳的。透過表面，我們再看看王熙鳳這個名字的隱含意思。王熙鳳的王，是指滿清王公貴族裡在內閣裡執掌大權的大臣索尼父子，那麼，王熙鳳的意思就非常明確了，索尼父子幫助皇帝興盛了起來。

王夫人和王熙鳳都來自滿清王公貴族之家，是他們的代表，那就不難理解她們娘倆為什麼不識字了。滿清政府，也是馬上得來的天下，這些王公貴族們執掌了國家大權，並不是像紀曉嵐等人那樣，是靠科舉考試，舉人進士，一步一步爬上來了，都沒有文憑，不是走文官之路。王熙鳳娘倆不識字，並不代表王公貴族們沒文化，只不過為了說明他們沒有文憑，不是靠文官之路爬上來的。這種現象到了乾隆時期，才逐步得到了改善，很多內閣大臣們，大多都是進士出身。正應了「武打天下，文治天下」那句老話。

因為王熙鳳沒有文化，所以對榮府的管理，也沒什麼創新和改革，就是按部就班，不惹出亂子就成。後來她生病，由李紈大嫂掛名，組成了李紈、探春、寶釵三人臨時管理小組，立即就看出了有學歷的文化人管理的好處了。三人小組一上任，就開始對大雜院進行了大刀闊斧的改革，採用了先進的租賃承包的經營模式，不僅節約了大量辦公經費，還大量增加了財政收入。這次事件，實際上對逞強好勝的王熙鳳打擊特大，管理熱情被兜頭潑了一瓢冷水，一下子澆滅了大半，病好後重新執掌大權，就沒有原來那麼自信和積極了。

王熙鳳還有一次出彩的表現，就是兼職串崗，去寧府擔任總經理。這個事潛藏的驚天祕密，我讀了很多關於《紅樓夢》的文章，一直沒有人檢舉揭發爆料。按照故事的邏輯，事情的經過是這樣的：寧府賈蓉的老婆秦可卿死了，寧府一家人忙著給秦可卿出殯，正巧賈珍的老婆尤氏病了，家中缺少人手，經寶玉推薦，賈珍就聘請王熙鳳當總經理，管理寧府一切事務。這樣，王熙鳳就寧榮兩府一肩挑，風光得意。但她確實也做的漂亮，把寧府打理得像榮府一樣，秩序井然，面貌一新。

秦可卿死了，尤氏就病了，給了王熙鳳在寧府表現的機會。難道真的是來的早不如來的巧？其實這裡另有深意。秦可卿是三藩之亂裡尚可喜和吳三桂的化身，她死了，就說明三藩之亂全面爆發了。這期間，整個滿清民族大亂，哪裡還分什麼民族和政府，全部攪合在一起了。這期間太子出生，為了穩定軍心，贏得滿清王公貴族的支持，康熙立即對索額圖兌現了諾言，正式立了太子。索額圖開始全力支援康熙平亂，接管了政府和滿族內部的一切事務，直到平定了內亂，才再次將滿清民族事務和政府事務分開管理。因為三藩作亂，滿清民族的憂患來了，所以尤氏就病了，整個民族都投入戰爭，所以民族事務管理就沒了精力。因為寶玉是太子的化身，立了太子，才籠絡住了索額圖，所以說是寶玉推薦的。至於焦大罵街那一節，不過是道出了三藩之亂的根源罷了。

這次出彩的表現，使索額圖地位更加穩固，成為康熙的絕對依靠。而這邊，王熙鳳也鍛鍊了自己，提高了人氣，更加鞏固自己在榮府中的地位，下課的機率幾乎為零。

婆婆也不是你的親婆婆

賈璉是庶出，也就是說，是賈赦的小妾所生，他的親娘是誰，沒有人知道。邢夫人一輩子沒生孩子，卻是賈赦所有孩子的娘，這是沒辦法的事情，當不當娘，肚皮說了不算，屁股說了算，要看屁股坐在了哪個位置。賈璉既然不是邢夫人親生的，那麼邢夫人就對他有點冷眼相看了，對待兒媳王熙鳳，則強了那麼一點點。好歹王熙鳳手裡抓著大權，大事小情還得讓人家操辦，不給面子是不行的。

邢夫人性格比較懶散，對賈赦的話言聽計從，不敢頂撞半句，生怕賈赦生氣一腳踹了她，而且還比較貪財，有機會就撈一把。對待這樣的婆婆，王熙鳳是敬著繞著，不得罪也不親近，內心裡多少也不太當回事。

按說古代社會，婆婆就是頭頂的一座山，就是緊箍咒，別說開口了，就是看上一眼，也會頭疼上半天，不知道這婆媳兩人關係為什麼沒有點上下級那種嚴肅性。看來不是邢夫人沒當好婆婆，就是王熙鳳沒當好兒媳婦。她們婆媳兩人有過兩次實質性接觸：一是邢夫人拉著她去給賈赦和鴛鴦相親，還有一次是邢夫人發現了「豔照門」事件。邢夫人以為立功受獎的機會來，還可以藉機給兄弟媳婦王夫人一個難堪，就拿著從傻大姐手裡奪來的黃色圖片，私下裡找到王夫人，連諷刺帶挖苦，弄得王夫人臉紅脖子粗，一句話沒有。既然問題出來了，王夫人只好組織聯合調查組進行調查，當然，這個調查組是少不了邢夫人那邊的人的，邢夫人派來了心腹王保善家的，王夫人派出了王熙鳳，聯合調查組連夜進駐大雜院，對大雜院進了一番查抄。

這是一次婆媳倆間接的對撞，王熙鳳耍了個滑頭，慫恿邢夫人的手下衝在前面，去做那些得罪人的工作。結果，邢夫人的手下王善保家的，當眾出醜，自己搧了自己的耳光，弄得邢夫人臉上也很沒面子，搬起石頭砸了自己的腳。她面子上過不去，所以第二天就找到迎春，發洩了一下鬱悶了事。

這些故事當然都很精彩，但我除了看熱鬧以外，還想了一個問題，那就是王熙鳳為什麼不把她的這個正牌婆婆當回事？王熙鳳頭頂的婆婆有三個：賈老太太、王夫人和她的這個正牌婆婆邢夫人。賈老太太不用說了，得罪了她，就甭想在榮府裡混了；王夫人大權在握，又是自己的親姑姑，還提拔自己當了助理，二人穿一條褲子，也是在情理之中。按說王熙鳳的權力，是搶奪了邢夫人的，這個位置上坐著的，本來應該是邢夫人的屁股，不知道什麼原因，卻讓她的屁股坐了上去。憑這點，她應該對這個正牌婆婆心存感激才對，不說敬畏有加，起碼也得額外照顧才對。可是，王熙鳳反而有點表面應付，暗地下黑腳的嫌疑。其實看看這婆媳倆各自的背景，我們就明白了大概。

王熙鳳是王公大臣的縮影，她婆婆邢夫人是刑律的化身。刑律是做什麼的？就是找碴的。王熙鳳有事沒事去給自己找難受，那不是吃飽了撐傻了嗎？況且，刑不上大夫，王熙鳳也知道她這個婆婆不能將她怎麼樣，表面尊重一下就已經不錯了。反過來，刑律反而要為這些王公大臣服務，為他們所左右，邢夫人對王熙鳳，有所忌憚也是應該的了。

當然，有這麼多婆婆在頭頂罩著，王熙鳳也不敢隨意發揮，該遮蓋的要遮蓋，該繞開的要繞開，該擺平的要擺平。整本《紅樓夢》裡，王熙鳳好像沒有特殊的行為，最轟動的一次緋聞，是賈瑞對她的勾搭，結果被她大大地耍弄了一番，潑了一身的糞便。既便如此，賈瑞這個爺們也對她癡心不改，直到相思成病，精盡而亡。

不知讀者如何看待賈瑞這個人，他有什麼樣的背景呢？這個問題困惑了我很久。後來，我為了炫耀自己有文化，就搬出一本康熙字典裝樣子，種瓜偏得豆，看到賈瑞這個瑞字，一下子讓我的眼睛冒了光，終於把賈瑞的原型找了出來。原來這個瑞字，就是印信，落實到王熙鳳頭上，就是宰相的大印。這個事件是說，有很多人都試圖奪下她手中的相印，奪過她手中的大權，挖空心思，想盡辦法，結果都是空歡喜一場，被她潑了一身髒水，弄得個身敗名裂。說白了，這是一場權力角逐，官場爭鬥。側面寫出了索額圖位高權重，盯上他的人可不少。

風月寶鑑，原來是慾望無邊，權力勝似美女，終究是一場空幻。曹雪芹一點也不實在，勸人都不直說，拐了這麼大的一個彎子，害得我費了這麼大的腦筋，才挖出這條蟄伏的美女蛇。王熙鳳風情萬種，終抵不過腰上的一塊玉牌，權力這玩意，還真比女人更有魅力。

高山不動，流水不息

賈老太太對於賈家來說，就是一座巍峨的高山。山不在高，擋風就行，人不在老，有權才靈。賈老太太總讓我想起那些慈眉善目、滿頭白髮、一嘴豁牙、有事沒事總是坐在太陽底下的竹躺椅上，講那些陳年舊事的老人形象。我不知怎的總是想起這樣的形象，跟《紅樓夢》中賈老太太一點也對不上，風馬牛不相及。這樣的誤解也不是我有意製造的，關鍵一點是我想像不出來一個貴族之家的老太太應該什麼樣子，應該是怎麼個活法。不過曹雪芹雖然是用文字爆的料，但還是讓我從賈老太太的生活裡明白了什麼叫吃香的喝辣的，什麼叫作威作福，什麼叫坐享其成，什麼叫坐吃山空，什麼叫富貴一族。賈老太太娘家姓史，歷史就是這樣，不管你年輕時多麼活色生香，到老了，該掉牙的掉牙，該入土的入土。

賈老太太是一個有故事的人，也是一個不僅有一個故事的人。古代社會是孝治天下，講究百善孝為先，誰要是被說成了不孝，那他就要完蛋了，因為他的道德優勢就沒了，給了人們痛打他的機會和藉口。

其實在這件事上，草根百姓們都被當官的和那些儒家的識字分子們給欺騙了，政府不願意承擔養老福利，就把責任推給了百姓，還說孝順是一種美德，養老付出的越多，品德越好，並用精神鼓勵和物質刺激進行引導，讓老百姓心甘情願地掏腰包來做本來應該由政府來做的事情。時間長了，草根百姓們就信以為真了，就真的覺得原來養老是自己的頭等大事，跟人家政府一點關係都沒有。這樣的鬼話只有中國古代的政府才能說出，才能做出。

但即便知道了這其中的緣由，為什麼中國人還是喜歡自己的老人長壽呢？其實，對於大多數人來說，老人不是用來報答的，而是用來依賴的。老人們早已油乾燈枯，榨不出什麼油水了，反而還要消耗人力物力，想要從中撈取點什麼生活資源肯定都沒這個打算。老人，就是人們心中的一個依賴，心理的依賴，心靈的依賴。人這種動物，既膽大，又膽小。人多的時候，什麼天大的事情都敢做，一個人的時候又感覺脆弱無比。老人是經驗、智慧的化身，家裡有老人，就不會覺得孤苦無依，就會心有所寄。同樣，賈老太太就是賈家人的心靈寄託，心理的依賴，有她在，賈家人就會踏實安穩。

賈老太太為什麼姓史？曹雪芹的用意很明顯，告訴我們賈家的富貴榮華是有歷史淵源的，是有來歷的，不是一夜暴富，發個橫財就有的。孝莊皇太后被家人稱為老祖宗，賈老太太被家人稱為老太太，兩者異曲同工。賈老太太就是孝莊皇太后的替身，她是在演出孝莊皇太后這個角色。她的故事，就是在演繹孝莊皇太后的人生。

王熙鳳和賈老太太的關係，既是上下級關係，又像是朋友關係。王熙鳳總能哄得賈老太太開心，賈老太太也總能因為有王熙鳳而開心異常。這不正是索尼父子與孝莊太后的關係寫照嗎？索額圖直到康熙晚年才失勢，很大程度上也是受太子牽連。寶玉入住大觀園前，一直跟隨賈老太太生活，也是對康熙少年生活的委婉影射。康熙的帝位，是意外的機遇得來的，而賈政的官位也是意外得來的。

一次，賈赦曾在表揚賈環寫的詩歌大作時發表的一番高論，「像我們這樣的人家，原不必讀什麼書，只要認識幾個字，不怕沒有一個官兒做。」很多人都對他說的這段話嗤之以鼻，認為他淺薄無知，丟盡了賈家的臉，其實這是對賈家的背景缺乏瞭解所致。

曹雪芹寫的賈家，就是帝王之家，做為皇家子孫，天下的政權都是他們家的，沒出生就有當官的資格，根本用不著透過什麼讀書科舉來謀取一官半職，讀書只不過是為了提高自己當官的水準而已。這話從賈赦口裡說出，意義重大，因為賈赦是司法的代表，是為了告訴我們，賈家的權力是合法的，是天經地義的。賈老太太是他的老娘，是告訴我們，賈家的權力是賈老太太透過法律手段確立下來的，賈老太太受到眾多粉絲的追捧也是必然的。王熙鳳是他的兒媳婦，也就是說，王熙鳳的地位和權力也是法律賦予的，合理合法不可置疑的。

從賈老太太到王夫人再到王熙鳳，賈家的權力都是一脈相承的。高山不動，流水不息，只要賈老太太在，王夫人和王熙鳳就會充滿活力，她們的表演，就不會停歇。

第十三章

大觀園之荻蘆夜雪

——春夢誰先覺，珍珠如土金如鐵

一笑傾磚瓦

《紅樓夢》描畫了成百上千的人物，爭議最大的恐怕就數寧府的小媳婦秦可卿了。秦可卿有很多神祕的地方讓人費解：她的來歷？她憑什麼獲得那麼高的地位？為什麼嫁給輩分最低的賈蓉？她和賈珍的勾搭，為什麼平白無故地死了？為什麼要在她的大床上夢裡教寶玉雲雨情？為什麼寶玉知道她的小名？為什麼臨死警告王熙鳳？為什麼賈珍敢於違背律例公然破例為她使用太子級別的人才能使用的棺材？還有她那個莫名其妙的弟弟等等。雲遮霧罩的秦可卿，怪里怪氣的秦可卿。

從曹雪芹的描寫裡，會讓人感覺秦可卿是一個妖冶漂亮，極其淫蕩輕浮的女人。這樣的女人，大家又都非常喜歡，給她很高的地位，真是讓人奇怪。假如是男人，被她的魅力迷倒，想入非非也就罷了，但賈府上下的女人們也喜歡她，這就有些不尋常了。像賈家這樣的貴族世家，內裡不管怎麼腐爛，怎麼髒兮兮的，表面還是很注重名聲的。秦可卿這樣大張旗鼓和老公公偷情，自己的老公竟然毫不吃醋，還樂得如此，弄得人盡皆知。有這樣的事情發生，賈府上下本來應該對她口誅筆伐才對，何至於人人拿她當寶貝，體貼呵護呢？

據曹雪芹的密友脂硯齋爆料，曹雪芹寫秦可卿這個人物時，刪過來改過去，寫了很多章節，最後不知道為什麼只留下了這麼三兩處，讓人遺憾非常。我揣摩了很多次，才隔著門縫偷窺到秦可卿的真實面目，她確實是一個風華絕代、水性楊花的美女。

說起滿清民族的一夜成名，揚名立萬，就不能不提吳三桂。沒有吳三桂，可能滿清民族到如今還在白水黑水之間生活呢。這麼一個重要人物，這麼一次重大事件，曹雪芹不可能繞過去，也繞不過去，但是如何表現這件事，卻不是輕而易舉就能說清楚的。直接坦白交待出來，肯定不行，坦白從嚴，這是古訓。要拐彎抹角，用腦筋急轉彎的方式隱晦地說出來，還真考驗曹雪芹的功夫。不過你得佩服他的高才，信手拈來，方寸之間就把千斤重擔給挑在指尖上了，只用了姐弟兩人簡單的幾場表演，便將幾十年的戰爭風雲瞬間化為一縷青煙。秦可卿和秦鐘姐弟兩人，都姓秦，秦就是擒，可卿就是尚可喜和吳三桂。忠就是耿精忠，秦可卿和秦鐘，就是擒了尚可喜和吳三桂，擒了耿精忠。翻譯成白話，就是平定了三藩之亂。這裡有人要問了，為什麼尚可喜和耿精忠都用的名字，吳三桂卻用了一個卿呢？其實，吳三桂是一個讓滿清民族很難受的人物，對待他，又敬又恨，又愛又怨。痛恨他，又不能不尊重他。他是功臣和恩人，又是罪臣和仇人。這種複雜心理，用一個卿字表達出來，再恰當不過，暗含了「機關算盡太聰明，反誤了卿卿性命」的醒世格言，多少透露出一絲無奈和惋惜的感情。

按說吳三桂也是一個有情有意的人，有幾個男人能玩出「衝冠一怒為紅顏」這樣的千古絕唱來？三桂老兄一怒就讓漢族人的天下分崩離析，可見其內功之高，內力之大。這用在秦可卿大美女身上，當然不能大吼一聲，那太有點粗俗了，一點也不夠優雅。可卿大美女，回眸未笑百媚生，開口一笑傾磚瓦。那電力，也是足夠電暈賈府上下的老少爺們了。到這裡我們應該明白秦可卿為什麼對賈府那麼重要了。秦可卿死後，賈蓉又娶了一個老婆，什麼時候娶進來的不知道，連個名字，曹雪芹都沒取，只是偶爾提到了賈蓉的媳婦這幾個字，連一句話都捨不得用在她身上。同樣是嫁給了一個臭男人，看來做媳婦的差距實在太大了。

賈蓉是賈家爺們裡輩分最低的一個，管寶玉和賈環都得叫叔，只能湊湊合合跟賈蘭稱兄道弟。把秦可卿嫁給賈蓉這個輩分最低、地位最低的壞小子，同樣反映了滿清對三桂老兄的矛盾心理，作踐他還得尊重他。賈蓉代表的是滿清的滿漢政策，蓉，就是容，容納的意思，融合的意思。滿漢一家，滿漢融合，這是滿清對待漢族的主要政策。吳三桂就是這一政策的產物，所以秦可卿嫁給賈蓉，再妥當不過。

越級上床的效應

給可卿大美女帶來轟動效應的，是她和老公公賈珍聯合演出的「偷情門」事件。這個事沒有現場直播，精彩程度和真假指數無法考量，只能根據線人八卦胡亂猜測猜測，反正我是相信確有其事的。為什麼我如此有信心呢？我是根據曹雪芹的寫作動機參悟明白的。曹雪芹寫《紅樓夢》的動機，就是塗鴉大清王朝康熙年間的社會剖面圖，家國天下，用賈家的生活演繹國家的變遷。

曹雪芹之所以把秦可卿安排在寧府而不是榮府，嫁給賈蓉而不是賈璉，跟賈珍偷情而不是賈政，那都是大有講究的。沒有人知道她和賈珍這個糟老頭是什麼時候激情碰撞的，怎麼勾搭在一起的，也不清楚是她主動獻身給賈珍，還是賈珍費勁心思把她騙上手的。當然，誰主動誰被動也不是什麼大事，並不重要，反正就是男女上床的那點事。

說起來這事非常簡單，賈珍是賈家的族長，滿清民族的化身，滿清民族與吳三桂結盟才有了滿族的天下，這樣看來，賈珍與秦可卿有染，不是天經地義的嗎？而且按道理來說，先有滿清與吳三桂的結盟，才有滿清的滿漢政策，所以，肯定是賈珍與秦可卿先勾搭一起，激情過後，才嫁給賈蓉這個壞小子的。秦可卿和賈珍糟老頭的糗事，還是傭人焦大喝醉爆料的，並沒有明說。秦可卿和賈珍有沒有事，焦大怎麼知道得一清二楚？這些看似不合理的地方，其實非常好解釋，焦大，交打，交戰打仗，他之所以瞭解「偷情門」事件，是因為滿清和吳三桂是在戰爭期間結盟的，由他來爆料，那就太正常不過了。

秦可卿本來在寧府的生活順風順水，不知什麼時候，突然就得起病來，這一病可不得了，女人的月事竟然不來了。有的醫生說懷孕了，有的醫生反說懷個屁，爭論不休，確診不了，也不知道怎麼治療才好。後來，賈珍透過好朋友馮紫英請來了張友士給秦可卿看病，才確診了病症，並暗示大概活不過這個冬天了。果然，沒多久，秦可卿就嗚呼哀哉了。秦可卿的病有好幾層意思：吳三桂知道康熙對他猜疑，心情鬱悶，已生叛逆之心，不來月事，說明和朝廷斷絕了來往；醫生們診斷不清是否懷孕，是說朝廷對吳三桂是否有逆反之心，爭論不下，各執己見；後來，馮紫英推薦張友士來才確定病症，那不明擺著說，奉旨應詔（馮紫英），卻被斬了郵使（張友士），斷絕了朝廷的一切資訊來源，這時朝廷才發現，吳三桂已經造反了。

秦可卿病重期間的幾件小事尤其挑逗人的神經。一個是黛玉的親爹林如海本來在揚州當一個管鹽的大官，當的好好，卻忽然得了大病，黛玉只好回家去看望父親，由賈璉護送。秦可卿死了，黛玉的老爸也跟著消失了，賈璉要陪同黛玉把她親爹的屍體運回蘇州，到年底才回來。另一件事，寶玉的男性朋友秦鐘，在她老姐死了的時候，卻勾搭了一個尼姑，被他父親發現，暴揍了一頓，他父親氣死，秦鐘也沒活了幾天。還有一件事是賈珍為秦可卿選棺材。這三件事，說湊巧也湊巧，說不湊巧，一點也不湊巧。

先說說黛玉的家事。本來江南鹽道等國家主要稅收項目都是控制在儒家出身的漢族官員手裡，三藩之亂後，漢族官員紛紛受到排擠，滿漢關係到了最緊張時期。林如海死去，黛玉被打發回老家，理所當然。賈璉護送黛玉送她親爹屍體回蘇州，是內閣派人去江南籌措軍餉。三藩之亂中，康熙為了有足夠的銀子和三藩打仗，派出重兵，力保蘇南浙北不失，把吳三桂擋在了安徽一帶，這才有秦可卿死，黛玉不在，賈璉下蘇州一事。

至於秦鐘的那點糗事，說來很簡單，秦鐘就是耿精忠，他也參加了三藩之亂，曾勾結臺灣鄭經，聯合抗清。後來他與鄭經反目成仇，被逼無奈，投降了清朝，投降後幫助清軍把鄭經趕到了臺灣，消滅了尚可喜。不久就被招進京城，被康熙帝找了錯，做掉了。他有投降進京的經歷，所以有和寶玉見面一說。因為和臺灣有勾聯，就又有他私通饅頭庵智能一事，饅頭庵就是暗指臺灣，被他父親暴揍，指鄭經曾和他火拼。最後死掉了，那不用說，被康熙清盤了。

最不容易說明白的，是賈珍糟老頭給自己兒媳兼情婦秦可卿選棺材這事，這個牽扯到清朝和漢族人對吳三桂的評價和定位問題，蓋棺定論，所以難辦一些。這裡也不是一句兩句話就能說清的，容待另外章節，細細道來。

求你了，給點人性吧

秦可卿也是人，也有七情六慾，就算跟賈珍糟老頭那點事情是真的，也沒什麼大不了的。人生有很多無奈，也許是賈珍糟老頭強迫她的，或者她有什麼難以啟齒的事情需要求賈珍幫忙，或者兩人真是一見鍾情。反正自古紅顏都薄命，比紙還薄，一戳就破，我們就多給點同情就是。

秦可卿的出場，實在是震撼。她的入鏡很簡單，寶玉跟著賈老太太去她家看梅花，寶玉睏了要睡覺，秦可卿連忙趕上前來，巴結賈老太太，說已經為寶玉備好了休息的房間，讓賈老太太放心把寶玉交給她，由她來親自安排。接著，她把寶玉領到休息室，寶玉看到牆上一幅畫叫《燃藜圖》，心裡很鬱悶，又看到一副對聯，寫著世事洞明皆學問，人情練達即文章。寶玉看了就更加惱火了，連忙說走，堅決不在那裡睡。秦可卿沒辦法，也顧不得什麼叔公和侄媳之間什麼忌諱了，就把寶玉領到自己的臥室。

寶玉進門很高興，一看臥室各種用品，全是古董，掛的畫是唐伯虎的《海棠春睡圖》，鏡子是武則天用過的寶鏡，旁邊擺著的是趙飛燕在上面跳過舞的金盤，盤子裡裝的是安祿山投來的打傷了楊貴妃乳房的木瓜，睡的是壽昌公主在含章殿下睡過的床，掛的是同昌公主親手製作的聯珠帳，蓋的是西子親手洗過的紗被，枕的是紅娘抱給張生和鶯鶯的鴛枕。寶玉連聲叫好，秦可卿說，她這屋子大概連神仙都可以住。這一描寫，可見曹雪芹是下足了工夫，一方面是在宣揚漢文化歷史的悠久和豐富，暗諷滿清文化的裸奔；另一方面也暗示，上千年的優秀文化，就斷送在了吳三桂手裡，把大好的河山，珍貴的財寶，都拱手送給了滿清人。同時，也影射了吳三桂在雲南奢侈鋪張，大肆揮霍，為後來招致清政府不滿，埋下了伏筆。

寶玉看了《燃藜圖》和那副對聯為什麼會心生不滿，堅決離開呢？有人說，是寶玉嫌棄太低俗，他要玩高雅。表面看是這樣的，其實要比這深奧很多。這是在嘲笑滿清人，說他們沒文沒化，野蠻蒙昧，要向漢族老大哥好好學習，看透了人情世故，才能管理好天下。你說做為虛擬太子的寶玉，看到這些，能不鬱悶得抓狂嗎？他要睡得下，那才是怪事。

寶玉躺在床上剛睡著，就在夢裡被秦可卿領著，去拜會警幻仙子。你猜猜這警幻仙子是何方神聖？其實她並不是什麼仙子，而是一個警報器。就像長城上那些烽火臺，報告有對手來襲擊了。寶玉來到秦可卿的臥室裡睡覺，就是已經拉響了警報，戰爭的禍患很快就要到來了。那時侯，寶玉還小，當然不知道戰亂是怎麼回事，於是，秦可卿就對他進行了性啟蒙教育，並和他雲雨一番，讓他徹底明白了男女激情是怎麼回事。顯然，這裡的雲雨暗指的是戰爭風雲。為什麼這個警報是在夢裡拉響呢？因為三藩之亂開始後，康熙廢太子胤礽才出生，結束時胤礽才剛剛七八歲，是三藩之亂讓他多少知道了戰爭的風雲變化。三藩之亂讓他未出生就當上了太子，但三藩之亂也差一點把他毀掉，如果吳三桂打敗了他老爹康熙，那就不會再有他這個太子了。所以寶玉在一片荊棘叢生的危險之地被嚇醒，大呼可卿救我，因為只有擒住了吳三桂和尚可喜，平定了三藩，才能保住他的未來。

三藩之亂對於廢太子胤礽來說，意義重大，沒有三藩之亂，康熙皇帝根本用不著巴結索尼父子，答應立索額圖女兒生的孩子為太子。寶玉銜玉而生，就是這麼來的。同時，為了戰爭需要，穩定軍心，增強滿清民族的凝聚力，康熙帝被迫在胤礽一歲半時就正式冊封他為皇太子。這次冊封，是大清朝第一次公開冊封太子，也是康熙帝最後悔的一件事。

寶玉和秦可卿在夢裡演習了男女激情後，立刻開了竅，回到家後，趁著沒人，就和襲人實戰了一番。為什麼寶玉選的是襲人而不是黛玉或其他靚女呢？我們前面已經說過，襲人是大明後裔的化身，除了有朱三太子和她女兒的身影，她還代表了一個人。

我們前面已經說了，寶玉和她初試雲雨，是說朱三太子夜襲皇宮和讓朱三太子女兒當寶玉情婦之事，如今又有線人最新爆料，襲人也是吳三桂的兒子吳應熊的替身。這個說法更加靠譜，因為吳應熊從小就被孝莊皇太后軟禁在北京當人質，康熙在立胤礽為太子的同時，又殺掉了吳應熊，藉此封殺天下關於朱三太子的傳說。襲人自小跟著賈老太太，符合吳應熊的情況。寶玉夢裡征服秦可卿，現實先和襲人玩了初夜情，與事實更加吻合。所謂男女激情，卻都是殺人遊戲。

感謝你祖宗八代

秦可卿死了，賈珍糟老頭傷透了心，比他兒子賈蓉那壞小子還悲痛欲絕。他下決心舉行一場最隆重的葬禮，好好安葬秦可卿，甚至不怕花光自己家的錢，用掉世上最好的東西。果然，葬禮的規格超乎尋常的高，場面非常宏大熱鬧。秦可卿死的前前後後，發生了很多的故事，有幾件事給了我們很大的想像空間，不妨為讀者選幾件胡亂侃一侃。

第一件事，秦可卿臨死把遺囑留給了誰。秦可卿死了也沒有放過王熙鳳，鬼魂跑到王熙鳳的夢裡，對她進行一番教育和警告，這個應該是秦可卿的遺囑。當然，談話內容沒什麼特別的，不過是告誡王熙鳳別太張揚了，也別高興太早了，要有長久打算，不能坐吃山空，天下沒有不散的宴席。

第二件事，秦可卿臨死為什麼把這些話跟王熙鳳說，而不是別人呢？因為秦可卿一直跟王熙鳳關係不錯，兩人來往不斷。這很正常，王熙鳳身為國務卿，負責處理政府的各項工作，當然就會與秦可卿打最多交道，這是內閣大臣與吳三桂之間的關係，他們可能私下有什麼交易，行賄受賄，都是正常的事情。秦可卿的這段遺囑，其實讓我看就是三藩之亂的經驗教訓總結，也是吳三桂用自己的經歷告誡索額圖們，伴君如伴虎，小心重蹈覆轍。

第三件事，關於秦可卿的葬禮。賈珍給了秦可卿一個最豪華的葬禮，其中，為她買棺材，頗費一番周折，他要給秦可卿用最好的棺木，找了很多地方沒有找到合適的。恰巧，這時候薛蟠在場，就說自己的店裡有好棺材板，是一個王爺級的人物訂購的，後來王爺犯了法，就不要了。因為使用級別太高，所以沒人敢要。賈珍一聽，就決定買下來。賈政對此感覺不妥，提醒賈珍是不是越級了，最好還是別惹出麻煩。賈珍沒有聽，他告訴薛蟠，不管多少錢都買了，薛蟠也說，什麼錢不錢的，給點工人的工資就行。

賈蓉是個待業青年，沒有什麼官職稱謂。賈珍覺得，沒個社會地位，沒個頭銜，葬禮就無法提高級別，無法擴大規模，場面就上不去。於是他就花錢買通了一個太監，為賈蓉買了一個皇帝衛隊裡的官。夫榮妻貴，這樣秦可卿就成了官太太，就可以按照官太太的級別舉行葬禮了。葬禮場面就不用多說了，極盡豪華之能事，很轟動熱鬧。這好像是賈家最為隆重鋪張的一次葬禮，比賈敬死了還熱鬧。

對於秦可卿這次葬禮，眾說紛紜。其實這個葬禮，是一個平定三藩的過程，也牽扯到對吳三桂的定位和評價。

秦可卿死後的鬼魂，給王熙鳳留了個謎語，說有一個好事，一場盛宴，讓王熙鳳猜，這個不用猜，就是說要打一場大仗。接著賈珍張羅出殯事情，就是滿清民族在籌備戰爭，買棺木是在制訂平藩策略，為賈蓉買官，是選帥，舉寧府闔家財力物力出殯，是說戰爭規模宏大，用盡整個滿清民族的人力物力才能打贏這場戰爭。

賈珍採用薛蟠提供的棺木，有兩層意思。

第一層意思是平藩大計是學界學子們提出的，其實就是周培公提出來的，並親自掛帥出征。為賈蓉買官，暗示統領清軍的是一文一武，一漢一滿。同時也說明康熙對漢人還不那麼信任，所以才有賈政對棺木提出疑問的描寫。

第二層意思就是對三桂的評價問題。蓋棺論定，平藩結束後，給吳三桂一個怎樣的定位和評價，這很重要。雖然吳三桂因為造反而被滅，但是他畢竟是滿清民族的大恩人，有功於滿清，他和多爾袞有白馬盟誓，他是大清的兄弟，兄弟之間打架，也是自己的家事。

同時，棺木由薛蟠提供，也說明學界的學子們認為，鑑於吳三桂在漢族中的特殊地位，和他對滿清政權所起的獨特作用，應該給予很高的地位和評價，才能穩定民心。雖然康熙有點疑慮，最後還是同意了。所以給了吳三桂一個卿的稱呼，表示他還是大清的愛卿，肯定了他的地位和貢獻。棺木是一個犯了法王爺訂下的，說明還是把吳三桂當王公看待，不過是個犯了錯誤的王公。

秦可卿這個大美人，在寧府裡很短命，她死後，榮府的元春就晉級了，由才人晉升為王妃。她弟弟死了，元春王妃就回娘家了。這就是說三藩平定，皇權回歸，寶玉的幸福生活開始了。

你給我緋聞，
我給你包裝

第十四章

大觀園之梨花春雨

——補得了丫鬟身，補不了小姐心

月朦朧鳥朦朧，我心似蒸籠

大觀園這個大雜院裡，生活著很多打工妹，襲人、晴雯、紫鵑等靚女，就是其中的代表。發生在這些打工妹身上的故事很多，襲人的處女秀、金釧的自殺秀、平兒的情婦秀、司棋的豔照秀、鴛鴦的抗婚秀、晴雯的內衣秀、紫鵑的公關秀等等，出彩的鏡頭接二連三，把榮府和大雜院，渲染得春光無限，活色生香。這些二流的主角，一流的配角，演技絕對不亞於那些大主角們，人氣也都很旺，粉絲也是黑壓壓一大片，親友團陣容同樣龐大。八卦一下她們的隱私緋聞，也是閱讀《紅樓夢》的一大樂趣。

打工妹的日子不好過，工作不穩定，前途不明朗，還要不時忍受上司主管等各路色狼的騷擾，稍不小心就會被開除辭退。大雜院裡的這些打工妹，數襲人混得最好，混上了老闆，和老闆玩過了初夜情；數晴雯最另類，混的名氣最大，結局也最慘，被公司開除，一腳踢出院外，還惹了一身的緋聞，活活被鬱悶死了。我們首先選取晴雯做個樣本，來窺探一下這些打工妹在大雜院裡的工作生活狀態，看一看有哪些隱私八卦緋聞。

晴雯和襲人一樣，原來都是在賈老太太那裡工作，那時候她也就七八歲的光景，賈老太太看她有一股聰明伶俐勁，就讓她當了寶玉的跟班隨從。隨著年齡的一天一天長大，晴雯的個性也一天一天顯露了出來，脾氣暴躁，鋒芒畢露，加之在老闆身邊工作，就有點飛揚跋扈，頤指氣使。她除了偶爾聽一聽襲人的話以外，根本不把別的打工妹放在眼裡。

不過能夠在老闆身邊站住腳，晴雯的工作能力應該還是很強的。她的業務水準很高，每天給寶玉鋪床疊被，脫衣穿褲，夜裡陪睡（好像是不同床，就是老闆睡到半夜，被尿憋醒了，要撒尿時給端個尿盆，拿個夜壺什麼的），端茶倒水就更不用說了。照顧寶玉的日常生活，她照顧的最好，體貼溫暖，周到細緻。本來這些零距離的活兒，都是襲人做的，後來襲人混上寶玉，加之她又是這些打工妹的頭，就以晴雯夜裡機警，會照顧人的藉口，把這活兒推給了晴雯。晴雯爭強好勝，樂不得接過這個能在老闆面前經常表演的機會。

大雜院裡的打工妹，也分為兩種，一種是從外面買來的，一種是父母都在賈府打工，由父母走後門安排進來的，屬於職工子女一類。晴雯和襲人，都是從外面買來的，在工作處裡沒什麼依靠，完全靠自己的打拼，才能站住腳。

晴雯這個人，雖然個性剛烈，但工作態度和業務能力是沒得說的，跟寶玉的關係也非常融洽，所以混得還不錯。有一次，寶玉出門應酬，穿了一件賈老太太送的用孔雀羽毛金絲線織成的大衣，不知怎麼不小心被炭火燒了個窟窿，衣服很貴，又是高層賞的，如果傳出去，後果比較嚴重，會得一個大不敬的罪名。那時候晴雯正感冒發燒，臥床不起。看到老闆遇到了棘手的事情，連忙帶病堅持加班，辛苦了大半夜，終於一針一線地把大衣的窟窿給修補上了。一般人肉眼根本看不出來，這才是天衣無縫。

我們早就說過了，曹雪芹寫的賈家就是家天下，寶玉就是模擬太子，從這個角度看，晴雯肯定就是太子身邊的一個大臣，從她的名字來看，晴雯，清文，清廉的文官。這次為寶玉補大衣的事，我想曹雪芹肯定是祕密透露了這樣一件事：太子的勢力範圍內，出現了一個官職的空缺，太子就提拔了這個人，填補了這個空缺的職位。

從晴雯的性格來看，這次提拔的官職，應該是督察院系統的官職，屬於監察性質的言官，大概相當於現在的檢察官。也就是有事沒事看著六部的哪個當官的不順眼，寫摺子參上他一本的那種諫官。提拔這個人的時候，可能這個人不夠格，有缺陷了，所以說晴雯抱病補那個孔雀羽毛金絲線大衣。為什麼說那個人條件不夠格呢？看來這個官職需要進士出身，因為大衣的名字說的很清楚，雀金裘，意思是這個空缺需要進士資格的人來補，顯然，晴雯沒有學歷，並不夠格。太子這次冒險提拔，為那個人埋下了隱患，也就是後來晴雯為什麼被找了個錯逐出大雜院了。

曹雪芹筆下的賈府，既然是一個袖珍版政府，各種大臣官吏，自然是少不了的，人事任免提拔，歷來是最複雜的政治較量。透過丫鬟們的命運來影射臣子們的命運，也是曹雪芹的另一高明之處。

不完全小女人

自古紅顏多薄命，古人說的話就是有道理，與晴雯命運相似的打工妹還有兩個，一個是金釧，另一個就是司棋。金釧被逐出後，感覺很丟人，一怒之下，投井自盡；司棋被逐出後，命運如何，不得而知。金釧屬於職工子女，工作一直不錯，是王夫人貼身侍衛女的領班。一天，王夫人躺在躺椅上睡午覺，金釧跪在一邊給她捶腿。這時候寶玉進來了，又是往金釧的嘴裡塞東西吃，又是拉她的手，還說要請求王夫人把她調到自己身邊工作。金釧告訴他不要著急，是你的早晚是你的，還爆料說，賈環正和彩雲祕密約會，讓寶玉去捉姦。寶玉表忠心說，別人愛怎麼樣我不管，我只守著你。很可惜，王夫人是在裝睡，兩人說的話，都讓王夫人聽見了，她起身就給金釧一耳光。寶玉一見嚇壞了，比兔子跑的還快，一溜煙不見了蹤影。這個敢做不敢當的花心大蘿蔔，可把金釧害苦了。王夫人起來大罵金釧，說是金釧教壞了寶玉。無論金釧怎麼認錯求情，王夫人就是不饒過她，讓她的妹妹玉釧叫她的娘來，把她領了出去，徹底開除了。

金釧被工作處開除，感覺又丟人又氣憤，在家裡窩了幾天，實在感覺無臉見人，就尋到了一口井，一頭栽了進去。這事情看似很簡單，不過是一個有錢人家的大少爺勾引丫鬟，兩人曖昧了一下，沒什麼大不了的。因為這點小事開除，有點小題大作。

那麼，曹雪芹寫這個事情時怎麼想的呢？原來，大清康熙年間，很多滿清王公貴族都借國庫的錢不還，最嚴重的時候，欠國庫的錢，比國庫的現金還多。有一年黃河發洪水，需要賑濟災民，國庫竟然拿不出錢來，康熙一怒，就命令太子去催促王公貴族們來還錢。

結果，太子這人特別貪財，藉機敲詐那些王公貴族，向自己行賄，並要求那些欠錢的王公貴族把錢還給自己。有些王公貴族不聽他的，他還一怒下手打了那些王公貴族們。後來，王公貴族們被惹惱了，把錢都上繳了國庫，還了欠款。曹雪芹就是演繹的太子催款這件事。

王夫人就是王公貴族的影子，金釧，就是流出去的金子，指代王公貴族們欠的國庫金銀。寶玉見了金釧就戀戀不捨，其實是說太子貪財，見了錢財兩眼放光。王夫人打了金釧一巴掌，其實是說，太子因為這事打罵王公貴族。金釧投井，就是說，欠款被繳回，上繳了國庫。怪不得金釧對寶玉說，「你忙什麼！金簪子掉在井裡頭，有你的只是有你的。」意思很明白，你著什麼急啊，你是太子，這錢早晚要上繳國庫，還能沒有你的份嗎？是你的早晚也是你的。

有意思的是，王夫人發送金釧時，給金釧穿的衣服是和別人借的。本來她想把送給黛玉生日賀禮的兩件衣服給金釧穿上，後來考慮到黛玉的性情，怕她忌諱。正巧寶釵在場，寶釵就主動送給她了兩件。這個細節是什麼意思呢？就是說，這些王公貴族們還的錢，本來是想向那些儒林中舉的地方官借的，沒敢，最後全是商人贊助的。

金釧的情況是這樣，那麼司棋呢？司棋是綴錦閣老闆迎春的侍女頭兒，跟迎春的關係也算不錯。迎春是道教的化身，與他老爹的司法身分異曲同工，都是為了教化人心，一個懲戒，一個是忍讓。司棋做為她的貼身侍女，以她的身分，必然與主人有著千絲萬縷的關係。

司棋案發，與傻大姐撿到的豔照有直接的關係。司棋和她的表哥，在大雜院裡的假山上玩一夜情，被找地方解手的鴛鴦撞到。慌忙中，司棋把她表哥送給她的色情照片掉到了假山上，被傻大姐撿取，舉報給了邢夫人，邢夫人則成立刑偵隊查抄了大觀園。

結果，在司棋的箱子裡查抄出她表哥寫給她的情書和送給她的定情禮物。尷尬的是，查抄出這些的正是她的外婆王善保家的，可想而知，她外公再善保，這次也保不住她了。司棋被趕出了大雜院，失業下崗。司棋的這次被趕出，她的上司迎春，為求自保，自己不受牽連，連求情都沒有給她求情。顯然，這是一次司法事故。迎春的老爹是司法的象徵，迎春軟弱無力，消極避讓，而司棋知法犯法，可見司法的腐敗和無能。男女私通，有傷風化，迎春既然是道教的化身，教化無能，也是有責任的，所以她才沒有敢去為司棋求情。司棋，司期、死期和死棋，三個意思，執掌刑期，判處死刑，司法的懲戒和道教的教化是死棋，行不通。

司棋這次事件，還有一個類似的案例，那就是惜春的丫鬟入畫，犯的罪行和司棋差不多，只不過情節比較輕，是榮寧兩府間私通財物。王熙鳳和尤氏都出面求情，意在揭示官府內部的官官相護。這次是惜春不同意留她，曹雪芹為什麼又這樣寫呢？原來，惜春是佛教的化身，滿清民族早期以佛教為主，惜春又來自寧府，是賈珍的妹妹，所以惜春就要求尤氏領回寧府，交宗人府家法伺候。入畫，入內教化，同樣也是說明，滿族家法的失敗和佛教教化的無能。

這次查抄大雜院偵破的兩個案例，都說明一個問題，就是司法的腐敗無能和教化的失敗。典型案例，說明典型問題，高，實在是高！

打工妹升級老闆娘？記憶體不夠

在打工妹升級為小妾的案例中，平兒得到承認，是公開的小妾；襲人是個準小妾，內定了，但沒有公開。襲人從小就跟著賈老太太，伺候寶玉，寶玉搬進大雜院，襲人也跟著住了進來，並被提拔為侍女的頭兒，相當於老闆辦公室的主任。襲人的性格老實穩重，深得管理階層的喜歡，最後把她內定為寶玉的小妾，是考慮到寶玉年齡小，一直未對外公佈。其實，不用上級公佈，襲人早已混上了自己的老闆，並一起玩了初夜情。

襲人的上鏡率非常高，好像人氣也可以，不過出彩的地方不是很多。本來最應該有緋聞的，反而卻沒有緋聞，保密工作做的非常好。她演的戲讓人記住的場次不多，我就記住了兩次，其他的，真就沒什麼印象了。這兩次，一次是和寶玉玩初夜情，一次是探望娘家。

因為整本《紅樓夢》就一處寫寶玉的性生活，所以一般人都對寶玉和襲人初試雲雨情，印象深刻。事情的經過很簡單，寶玉去寧府裡玩，中午吃完飯，玩累了，就去侄媳婦秦可卿的床上睡覺，睡著了就做了一個夢，夢見一個仙女，教給他什麼是意淫。最後，仙女又讓他侄媳婦秦可卿，教給他怎樣過性生活，其實就是性教育，秦可卿是他的第一個性啟蒙老師。等到夢醒了以後，襲人給他穿褲子，結果摸到了寶玉夢遺的精液，嚇了一跳。回到家後，換褲子，就天真地問寶玉那些東西是哪裡來的，於是寶玉就趁機和她激情了一回。兩個人都是處子秀，玩的是初夜情，所以叫初試雲雨情。

另一次寫到襲人回娘家，就是元春貴妃回娘家走後，眾人都工作的很累，唯獨寶玉清閒。一大早，襲人母親可能也是想女兒了，就把襲人接回了娘家說是喝年茶，晚上才回來。寶玉就到寧府那邊去聽戲，正巧碰見了馬仔茗煙和一個女孩子在一個房間玩激情。茗煙怕寶玉出去八卦，就巴結他，說是帶他去城裡逛逛，寶玉就趁機讓茗煙帶他去了襲人家。來到之後，寶玉看見襲人的兩個表妹都在，襲人趁機向她們炫耀了老闆佩戴的寶玉。之後沒什麼新鮮事，寶玉就被花自芳用轎子抬了回來。這兩次事件其實算不得什麼大事，寶玉是個男人，是男人早晚要有初夜情，唯一的問題是，為何與襲人第一次，而沒有選其他人。還有就是，寶玉去過的丫鬟家裡，只有襲人家和晴雯的表哥家。問題這就來了，這次去襲人家，曹雪芹有什麼用意？

襲人，原來有兩個名字，珍珠，蕊珠。後來被寶玉改為襲人，說是取自詩句「花氣襲人知晝暖」。襲人姓花，姓名連在一起，就是花珍珠，花蕊珠，花襲人。這樣一看，難道讀者沒有發現什麼問題嗎？花珍珠，華真主，花蕊珠，華女主，花襲人，華昔人，華襲人，珠又有朱的意思，是說，過去華夏大地，是朱家的天下，姓朱的稱王稱霸。跟襲人初試雲雨情，暗含著滿清徹底征服了華夏大地，完全控制了對大陸的統治。請別忘了，為寶玉當性啟蒙老師的是秦可卿，秦可卿何許人也？秦可卿就是三藩之亂被消滅的尚可喜和吳三桂的化身，關於她這個人，我們留到最後一章專門討論。

康熙的廢太子，生於三藩之亂中，他七八歲時，尚可喜和吳三桂被消滅，所以，秦可卿給寶玉在夢中進行了性啟蒙。就是說寶玉生活在戰爭的烽煙裡，開始明白人世的戰亂，是藉著男女雲雨暗指戰爭風雲。寶玉夢醒過來，為何與襲人初試雲雨情呢？據民間八卦，在三藩之亂期間，明朝遺太子朱三太子，曾發動一次對清朝皇宮的襲擊，最後被擊敗，朱三太子逃脫。我想是曹雪芹用寶玉和襲人初試雲雨情，來記錄這件事，意思是華夏後人來襲擊，故而由華真主，改名華襲人，華夏承襲下來的那個人，來襲擊皇宮了。這次事件，太子親身經歷，親自感受，所以寶玉就動真格的，真刀真槍的試了一次「雲雨情」。還有另一個民間八卦，說是朱三太子夜襲皇宮後，他的女兒失散，後被索額圖發現，藏了起來，長大後送給廢太子當了小妾，也就是索額圖派去太子身邊臥底潛伏的。所以有人說，襲人也是指朱三太子的女兒。要我看，這兩層意思都有，花蕊珠，華女主，花襲人，華昔人，都暗含了這個明朝遺女的意思。

這兩種說法，無論哪種意思，都說明一點，明朝要想恢復過去的統治，完全是夢想。從綜合實力上看，一丁點兒希望都沒有，就像襲人這個打工妹要想嫁給寶玉，成為正牌夫人一樣，連門也沒有，根本就不存在一絲一毫的可能性。當個情婦，努力努力還差不多。

至於襲人回娘家，寶玉去看她，應該是指，皇帝南巡時，密謀炮轟康熙而沒有成功那次。朱三太子刺殺康熙不成，再次逃掉。為什麼這樣說呢？寶玉去襲人家之前，寧府正在演戲，又碰見了茗煙和一個丫鬟在掛著美人畫的小書房內雲雨，被撞見，才去襲人家的。到了襲人家，正好襲人的兩個表妹在，傳看他的寶玉。相對應的是，康熙帝正在南京祭奠朱元璋，臺灣剛剛打完仗。兩個表妹傳看靈通寶玉，暗示太子曾兩次被廢，這些都不是巧合，而是曹雪芹巧妙的安排。

黑夜給了你放電的眼睛，你卻用它尋找眼鏡

大雜院裡的這些打工妹，能把寶玉帥哥弄迷糊，弄成癡呆傻，非大名鼎鼎的紫鵑莫屬。紫鵑原是賈老太太的二等丫鬟，叫鸚哥，黛玉入賈府，給紫鵑帶了機遇。賈老太太看到黛玉從家裡帶來的跟班年齡小，不太會辦事，就直接提拔了紫鵑，讓她做黛玉的辦公室主任。從二等丫鬟晉升為和鴛鴦、平兒等地位平等的首席大丫頭，並改名字叫紫鵑。

紫鵑這次改名也是蠻有意思的，她的原名鸚哥，鸚哥是什麼？就是鸚鵡、八哥，只會學舌，人云亦云。跟了黛玉，就改名了紫鵑，紙倦、字倦、子倦。為何跟了黛玉，就對紙也倦了，對字也倦了，對諸子百家也倦了呢？原來的鸚鵡學舌，就是上學跟著老師學讀書，老師讀什麼跟著讀什麼，之乎者也，搖頭晃腦，囫圇吞棗，自己也不知道什麼意思。黛玉是儒林的化身，她帶來的跟班叫雪雁，意思是學習已經厭倦了，黛玉對學習都厭倦了，對紙啊，字啊，教科書啊，這些學習的用具，還能不更厭倦嗎？所以改名紫鵑，多麼稀鬆平常的事情。同時也透露了另一個資訊，就是黛玉學業有成，畢業了，再也不用上學了。

紫鵑自從跟隨黛玉工作，水漲船高，自己的名氣也大大提升，上鏡也得到了更多的機會。出彩的鏡頭很多，最引人注目的一次演出，就是把寶玉騙得稀裡糊塗的那一次。

紫鵑不僅是黛玉的部下，還成了黛玉的知己，最好的知己，黛玉有什麼心事，都要跟她聊聊，一直把她當姊妹看待。她也非常瞭解黛玉，知道黛玉心裡想什麼，也知道黛玉的痛苦、焦慮、不安、傷心和無奈。她把黛玉的喜怒，當成自己的喜怒，把黛玉的命運，看成是自己的命運。她想黛玉所想，急黛玉所急，黛玉的事情，就是她自己的事情。

黛玉前途迷茫，雲遮霧繞，紫鵑自然著急萬分，因為這也是在說，她的前途未定。紫鵑心裡很清楚，如果黛玉和寶玉的事情要是成了的話，那自己也將跟著升級，成為寶玉的小妾；如果不成，那自己也不知道要花落誰家。紫鵑為什麼會對黛玉如果嫁給寶玉，自己也會跟著嫁過去這事，如此自信呢？因為她心裡清楚，寶玉對她印象不錯，早把她當成了紅娘看待。有一次在黛玉面前，寶玉竟然用《西廂記》裡的戲詞輕薄她，說什麼「若共妳多情小姐同鴛帳，怎捨得叫妳迭被鋪床」。意思是，等我和黛玉激情了，就捨不得讓妳再當丫鬟了，少不了會提拔妳做個小妾。

正因為紫鵑把自己的命運寄託在了黛玉身上，所以黛玉和寶玉這個事情，她比黛玉還著急。只要逮著機會，她就請別人去促成這個事情。有一次，薛姨媽安慰黛玉說，把黛玉嫁給寶玉很合適，紫鵑聽了就跑過來說，那姨媽怎麼不去對老太太說呢？意圖很明顯，就是鼓動薛姨媽去提親。按說，紫鵑只是個打工妹，主人之間聊天，是不能插嘴的，她莽莽撞撞斜刺裡殺出，可見心裡是多麼的迫不及待。閒著沒事的時候，她更是鼓勵黛玉要主動、要大膽出擊，不能指望別人來成全自己，要勇敢追求自己的愛情。

後來，紫鵑看到寶黛的事情一直定不下來，也不知道寶玉心裡到底是什麼想法，就決定冒險去試探一下寶玉，摸摸他的老底。機會終於來了，一天，寶玉去看黛玉，趕巧兒黛玉在睡午覺，寶玉就和紫鵑閒聊了起來，說是黛玉不讓她們和寶玉拉拉扯扯的，盡量少來往。寶玉聽了覺得很傷心，就一個人跑到沒人的地方去抹眼淚，紫鵑只好追出來安慰他。

紫鵑故意裝作不經意，說黛玉要回揚州了，回去後再也不來了。寶玉聽後，如五雷轟頂，當時就呆住了，眼珠直愣愣的，嘴角流著口水，簡直就成了一個腦殘白癡。看見玩具船，就嚇得要命，以為是來接黛玉的，發了瘋般鬧騰，竟然除了天上掉下來的這個林妹妹，不許別人再姓林。紫鵑這一句玩笑話不要緊，害得榮府上下一陣窮折騰，黛玉氣得差點背過氣去，賈老太太更是急得如熱鍋上的螞蟻，最後知道了原因，免不得又是一陣傷心。紫鵑達到了目的，摸清了寶玉的老底，知道他把心中的愛都給了黛玉，怕失去黛玉，也就放心了許多。

曹雪芹講述這個故事的目的是什麼呢？難道真的是為了男女愛情故事需要？其實不是，康熙年間，曾發生了一次重大的科舉考試舞弊案，江南貢院的考生們，不滿高考錄取作弊，聚眾遊行示威抗議。他們把牌匾上「貢院」二字改成「賣完」，抬著財神像，滿大街遊行，最後把財神像抬進了孔廟裡。這次事件全國輿論譁然，認為是對儒林的極大侮辱，迫使康熙帝不得不嚴查此事。透過此事，學子們也試出了政府對待儒學的態度。

紫鵑試探寶玉，其實就是那次學子們試探政府如何對待儒林事件的一次翻版。

你給我緋聞，我給你包裝

榮府的打工妹們，也並非都是安分守己的角兒，她們一刻也不曾消停，製造了不少的八卦緋聞，真真假假，虛虛實實，沒誰能辨別得清。首席大丫頭們，幾乎個個都有故事，就拿地位最高的鴛鴦來說吧，製造了轟動一時的「抗婚門」事件，使司法系統陷入了極度的尷尬之中。

故事是這樣的：榮府的大老爺賈赦，看上了身為賈老太太的首席大丫頭鴛鴦，要娶她做小妾。賈赦大老爺有了這個想法，就命邢夫人去安排此事，邢夫人叫來王熙鳳安排她去說合，王熙鳳不敢又不能推托，只好藉故和邢夫人一起去。邢夫人沒辦法，只好找到鴛鴦，直接挑明了此事，鴛鴦沒有直接回絕，也沒有答應。邢夫人只好去找鴛鴦的哥嫂，鴛鴦的嫂子就來做鴛鴦的工作，被鴛鴦一陣唇槍舌劍，打發了回去。

賈赦不死心，再次安排鴛鴦的嫂子來做工作，這次把鴛鴦惹怒了，拉上她嫂子，就去找賈老太太。正巧，眾人都在賈老太太屋裡閒聊，鴛鴦就趁機當著大家的面，把事情的來龍去脈一五一十地說了一遍，並且發誓賭咒，一輩子不嫁人。不僅如此，還掏出藏在袖子裡的剪子，要剪自己的頭髮，好歹被眾人攔住，沒剪下多少。賈老太太十分生氣，狠狠地批評了邢夫人一頓，這事就算糊弄過去了。

這個事情，表面是寫賈赦為老不尊、貪戀美色、淫蕩無恥，而且他的名字叫賈赦，赦色不分，所以讀者就更加堅信就是這麼樣的事情了。其實，故事的真相遠非如此，這不過是一個演繹版罷了。那麼，曹雪芹演繹的是哪件事情呢？

凡是瞭解康熙帝和奶奶孝莊皇太后的朋友都知道，康熙從小和奶奶相依為命，還有一個小丫鬟叫蘇麻剌姑，服侍他們祖孫二人，三人感情深厚，親如一家。蘇麻剌姑更是對待康熙如手足，一生為他花盡了心血。在康熙長大成人後，非常喜歡蘇麻剌姑，想娶她為妃子，孝莊太后雖然心裡不大樂意，但想到應該給她一個名分，也算是一個回報和獎勵。

可是蘇麻剌姑死活不同意，在康熙親政後，出家為尼。顯然，曹雪芹老頭就是演繹這件事，只不過蘇麻剌姑換成了鴛鴦，康熙換成了賈赦。鴛鴦，就暗示著蘇麻剌姑和康熙從小一起長大，像一對鴛鴦。但這個故事的處理，曹雪芹顯然藏了玄機。賈赦代表的是司法系統，而賈政才是康熙的化身，這雖然看起不合理，其實妙處就在這裡。

這個事情，其實是對大清司法制度的一次嚴峻挑戰。按照大清的律例，皇太后的賜婚，做為宮女來說，是絕對不能抗拒的，那是按律當斬，掉腦袋的事情。既然賈赦是司法的化身，他要納鴛鴦為小妾，實際上就是大清司法要擺平這件事。邢夫人是賈赦的下屬部門，負責刑法律例，她去做鴛鴦的工作，其實是按大清的刑律，試圖按刑律來處理這件事。

至於鴛鴦的大哥金文翔，很簡單，就是文相，大臣的意思，這個好解釋，無非是說除了司法解決，還透過大臣進行了調節。透過這件事，讓我們明白了，古代社會刑不上大夫，不是說著玩的，是真那麼辦的。就是說，當司法面對執政者自己的問題時，往往就會變得軟弱無力，無可奈何。曹雪芹用這個生動的故事告訴我們：古代社會，是人治而不是法治，人情永遠大於法。法律只不過是統治者手中的工具，什麼時候用、怎麼用、對誰用，都是根據具體需要而定。

另一個打工妹晴雯的命運，就剛好相反，晴雯和寶玉的關係不錯，但並沒有發生什麼私情。由於性格過於爽直張揚，反而是緋聞不斷。當她在生病期間，被王夫人突然叫去，沒顧得梳洗打扮，結果被王夫人以衣帽不整、妖冶放蕩、勾引領導、有損政府形象為由，開除了公職，趕出了大雜院。

晴雯被開除後，在家養病，寶玉去看她，兩人都覺得冤枉，空擔了私通的罪名。所以晴雯就脫下了自己的內衣，和寶玉換了穿，意思是這樣死了也就不冤枉了。

這件事表面上看是一件徇私枉法的事情，滿清王公貴族們沒有透過司法部門就羅織罪名，處理了一個官員。深入內裡，我們才明白，曹雪芹這樣寫，是影射康熙廢太子。他曾受到督察系統的言官們多次上摺參奏，舉報他生活作風有問題，最後是滿清王公貴族們保住了他，替他消除了影響。

透過鴛鴦和晴雯兩個打工妹截然相反的命運，揭開的卻是同一個問題，就是一個國家的司法建設問題。古代社會，皇權統治者都是擁有司法豁免權的。鴛鴦違法卻被赦免，晴雯反而被打擊報復至死，這就是人治帶來的司法腐敗真相。

國家圖書館出版品預行編目資料

醉紅樓：風月，談的不是愛情／二憨著.
－－第一版－－臺北市：宇河文化 出版；
紅螞蟻圖書發行，2012.8
面 ； 公分－－(讀經典；4)
ISBN 978-957-659-912-5（平裝）

1.紅學 2.研究考訂

857.49 101014446

讀經典 4

醉紅樓：風月，談的不是愛情

作　　者／二憨
美術構成／Chris' office
責任編輯／韓顯赫
校　　對／楊安妮、朱慧蒨、韓顯赫
發 行 人／賴秀珍
榮譽總監／張錦基
總 編 輯／何南輝
出　　版／宇河文化出版有限公司
發　　行／紅螞蟻圖書有限公司
地　　址／台北市內湖區舊宗路二段121巷28號4F
網　　站／www.e-redant.com
郵撥帳號／1604621-1 紅螞蟻圖書有限公司
電　　話／(02)2795-3656（代表號）
傳　　真／(02)2795-4100
登 記 證／局版北市業字第1446號
法律顧問／許晏賓律師
印 刷 廠／卡樂彩色製版印刷有限公司
出版日期／2012年 8 月　第一版第一刷

定價 270 元　港幣 90 元

ISBN 978-957-659-912-5 Printed in Taiwan